魔王の食卓
かぼちゃとひき肉のパイと約束の旅

白野大兎

富士見Ｌ文庫

JN178635

Contents

〈魔法のレシピ〉

魔法のスープを作りましょう。

季節の野菜を鍋にたっぷりと。
瓶に詰めた雪雲と一緒にクリームバターをじっくりと煮て。
夢見草の花びらとクォーツソルトをひと欠片。
思い出のスパイスも忘れずに。
そして最後に光の呪文を唱えて温めたカップで
星降る夜に大切な人と食べなさい。

プロローグ

小夜啼鳥《さよなきどり》の鳴き声と土の匂いで、私は目を覚ました。

空が白み始めて焚火《たきび》は消えていた。

焚火の跡の向かいには、大剣を背もたれにして、じっと座っている一人の男。

私が眠った時と目が覚めた時とでまったく姿勢が変わっていない。

髪も衣服も乱れておらず、ローブが朝靄《あさもや》の露《つゆ》で濡《ぬ》れているだけ。

私は呆《あき》れてため息を吐いた。

「また寝ていないの？」

「――ああ」

少しかれた声。夜通し火に薪をくべていたせいだろう。

「喉が渇いたなら、水でも汲《く》んで来れば良かったのに」

近くに川辺があるのだから。

「俺に眠りはいらない。喉も渇かない」

魔物を寄せ付けないように寝ずの番をするのが彼、カナンの役目。そして私が目覚めるまで大木のように動かない。カナンは暑さも寒さも、疲れも知らず、眠りも必要としない。

魔物除《よ》けの香を焚《た》けばある程度は魔物を寄せ付けないけれど、強すぎる魔物には効果がないとカナンは頑《かたく》なに夜の見張りをやめなかった。

私は毛布を袋に詰め、髪を梳《す》いてからささっと三つ編みにして身支度をする。

「じゃあ、朝食の準備がすむまで少し休んでいて」

「問題ない」

「……」

それでは私の気が済まない。私は魔法でハーブを入れた茶こしカップにお湯を注いで、カナンに渡した。

「じゃあ、これ。飲んで待っていて」

「草茶か」

「ハーブティーね。私が朝ご飯を待てない時、よくおばあちゃんが淹《い》れてくれた」

「俺は待てる」

「それは分かってるけど」

「……」

結局カナンはカップを受け取り、ローズヒップの香りを堪能《たんのう》しながら飲んだ。おまけにバタービスケットを口に押し込んだらカナンは困ったように私を上目遣いで見る。

食事の準備は私の仕事。夜の仕込みと朝にしっかり準備をすれば、道中最高のランチにありつける。

消えた焚火に薪をくべて火を熾《おこ》して朝食の準備。夜のうちに下ごしらえをしていた材料を出して、スープに使う野菜をさっと切って小鍋に油を引いて炒《いた》めておく。

カナンはじっと見ている。

「俺は何をしたらいい」

「休んでいいって」

「だが……」

どうしても手持ち無沙汰なのは嫌なのか。

私もご飯が待ちきれなくてよくおばあちゃんの邪魔をしていたから、気持ちはよく分かる。どうしても作っているのが気になって仕方なかった。

「じゃあ、スープに入れるキシビルの葉を刻んでおいて。それから水汲みも」

「了解した」

私は祖母に教わったことを思い出しながら調理を進める。

献立を考える時、料理を作っている時が一番楽しい。私は鼻歌を唄いながらスープを煮て、パイを焼くのに熱が逃げない魔法をかけて仕上げにかぼちゃの種をトッピング。

「かぼちゃとひき肉のパイ。豆とオニオンスープに、それからオレンジも」

かぼちゃの甘い香りとパイ生地の香ばしい匂い。パイと相性のいいこのスープは何杯でも食べられるし、喉を潤す甘酸っぱいオレンジは朝食にぴったりだ。

スープを飲み、目の前でパイを口に運ぶこの男には、普段は見えない人とは異なる尖《とが》った牙がある。人と同じ姿をしていながら、この男は人ではない。

「ああ、うまいな」

「それは、どうも――」

朝を迎えて、小鳥たちのさえずりを聞きながら食事を摂《と》る時間は、ぎこちないけれど穏やかだ。

なぜ魔族と共に旅をして料理を作っているのか、私は時々分からなくなる。

それでも、この旅は決して悪いものではない。

第一話　魔法使いの旅立ち

北風が吹き月夜《つきよ》烏《がらす》の群れが中央大陸に短い夏の終わりを告げた。

中央大陸は海を隔てて東西南北の大陸の中心に位置する、最も栄えた大陸である。

白亜の建物と天上から流れる水、ゴンドラが行き交う都市の中心に王立《おうりつ》魔法学校《まほうがっこう》は存在する。

王宮に仕える宮廷魔法使いを育てるために五百年前に設立された育成機関である。

宮廷魔法使いに選ばれることは、魔法使いにとってはまたとない栄誉である。

魔法使いの資質を認められた者たちが一流の魔法使いになるために、大陸よりこの王立魔法学校を目指して海を渡ってくる。

そして今日、一人前と認められた若き魔法使いたちが魔法学校を卒業する。

朝から祝いの鐘が鳴り、学生たちが大講堂に集められる中、寮の部屋の外で一人、式に参列をしない魔法使いがいた。

ストロベリーレッドの長い髪を紺色のリボンでくくり、ワンピースの裾を縛る少女。

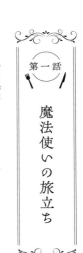

一番狭い一階の部屋を宛がわれた腹いせに植えたホップの実は、ひと夏でにょきにょきと伸びてしまった。少女は魔法を使って葉の上を階段にして裸足《はだし》で二階の部屋の窓辺まで上ってホップの収穫にいそしんでいた。

赤髪と夜を映したような紺色の目はこの中央大陸で見ることのない容姿で、入学した当初は「トマト頭」と馬鹿にされたものだが、フェリシアにとっては褒め言葉だった。

「フェリシア！　どこ？」

「ここだよ、メリル」

私の真下で名を呼ぶ友人メリルは眼鏡をかけ直し、呆れと怒りで声を荒らげている。優等生を絵に描いたようなメリルは、いつも時間にうるさくて私を捜しに来る。

「何をしているの、フェリシア！　記章の授与があるのに」

「見て分からない？　ホップの収穫。不眠症になる前にこれを煎じて飲むんだよ」

籠いっぱいに摘んだ薄緑色の小さくて軽い円錐《えんすい》形をしている、苦い匂いの乾いた実をぶちぶちと手作業で抜いた。籠にはホップを毛布代わりに呑気《のんき》に眠る使い魔のハリネズミが一匹。

「馬鹿なことしてないで、早く下りてきて！」

「いい。私はどうせ卒業出来ないんだから。これであなたの枕も作ってあげる」

式をわざわざ抜け出して私を捜しに来るなんてメリルは本当に真面目である。

「そうじゃなくて、授与式にあなたの名前が呼ばれて、姿が見えないものだから先生たちはカンカンよ」

「それ、本当？」

卒業できるだけではない。

ごく一部の魔法使いにだけ与えられる記章が私に授けられるというのだ。

杖《つえ》を取ろうとしてひっくり返った私を、メリルは得意の浮遊魔法で浮かせてくれた。

ハリネズミのオーリトーリは何事もなかったかのようにメリルの帽子の上に収まっている。

「本当にどうしてこんな面倒な魔法使いに記章が与えられるんだか」

「ごめん。急いで着替える」

葉っぱと泥にまみれた服のままだ。

「正装はしなくていいわよ、もう預かってるから」

メリルは小さな銀細工を私に差し出した。

与えられる記章の中で銀の素材はただ一つ、トキツバメの意匠。王国が認めた旅人の証《あかし》。

この記章があれば、どの町にも訪れることが出来る。

歓喜する私をメリルは呆れたように笑った。

「あなたが怒って王子様をひっくり返さなきゃ、もっとスムーズにいったでしょうね」

「あ、あれは！　あの馬鹿王子が今年造ったワインを捨てたからだよ」

「本当に食べ物のことになると気が短いんだから」

豊穣《ほうじょう》を祝うため、今年出来た上等なワインの一口目を王族が飲むしきたりであるが、王子がそれを「まずい」と捨てたので、気が付いたら私は頭に血が上って王子の椅子をひっくり返していた。そのせいで私は卒業資格を失ったも同然だったのに――。

「卒業試験でこの資格が十分認められたってことね」

「これで、私は故郷に帰れる」

「おめでとう、フェリシア」

私は思わずメリルに抱きついた。


数年親しんだ制服と学校、そして友人との別れ。

フェリシアは十七歳になっていた。古い風習ならば魔法使いにとって遅すぎる独立だが、王立魔法学校にとって未熟な魔法使いを輩出するわけにはいかないと数年の月日をかけて育てる慣わしとなった。この日をどれだけ待ちわびたことだろう。

私が目指すのは北大陸。中央大陸とは海を隔てた先に広がっている。

私は逸《はや》る気持ちを抑えられず、いつか旅立つ時のためにと用意していた荷物を広げた。

雪の結晶の刺繍《ししゅう》が施された紺青のワンピースと白いフード付きローブ。北大陸の民族衣装によく見られる模様は、中央大陸に来た時には田舎者みたいで恥ずかしかったけれど、今は違う。

私より大きかった魔法の杖を、私はいつの間にか追い越すくらいに背丈が伸びていた。白ポプラを削って作られた先端が交差した杖には、木苺《きいちご》のように真っ赤な魔鉱石のカーネリアンが施され、金糸を施した白いリボンをくるくると巻き付けてある。数年使えば私の手にすごく馴染《なじ》んでいた。

「フェリシア、そんなに急がなくても。明日は卒業記念のパーティがあるのに」

卒業式の翌日には朝から晩まで一日かけて、パーティを催す伝統がある。苦楽を共にした仲間たちと讃《たた》え合い、別れを惜しむためのパーティだ。卒業式も出なかった私をメリルは案じてくれているのだろう。

「この町の料理は十分に味わったし。今日の夜が夏の最後の船だから、早く乗らないと次は秋の終わりになっちゃう」

そうなるとすぐに冬が来て雪が降ったら旅は難しくなる。北大陸での冬の旅は死に直結するのだ。

「でももうすぐ嵐が来るって占いには出てるわよ」

「メリルの占いはよく当たるからそんなこと言わないで。それよりメリルはどうするの？家督を継ぐんでしょう？」

学校を卒業した多くの魔法使いの進路は家督を継ぐか、自分の研究を続けるか、店を開くかと相場は決まっている。私のように危険を冒してまで旅をする魔法使いはそうはいない。

「そうね。私はお父様の元でまだ修業しないと。あなたは旅をしてどうするの？」

私はただ、旅に出たいとばかり言っていた。親友であるメリルにさえ今まで隠していた夢を私はもう躊躇《ためら》わずに答えた。

「私は、〈名もなき英雄〉に会いに行く」

――名もなき英雄。

その英雄が人間界に現れたのは数年前に光を放った一度きり。名も姿も分からず、生きているのか死んでいるのかさえ知らない。あるのは英雄が残した伝説と再生したこの世界だけだ。今や御伽話《おとぎばなし》となったその英雄の存在を私は子どものように信じていた。

「本気なの？」

「勿論《もちろん》だよ。もし会えたなら、魔法の料理を食べて貰《もら》いたいんだ。おばあちゃんが遺《のこ》してくれたレシピの料理も」

世界を救ってくれた〈名もなき英雄〉の存在を私は誰より信じていた。

「もう死んでいるかもしれないのよ？」

「そうだとしても、それを確かめなきゃ」

あの奇跡が錆《さ》びついて忘れ去られてしまう前に、私は行くと決めたのだ。

「あなた一人じゃ心配。北大陸は魔物が多いんだから、あっちに着いたらちゃんとお供を見つけるのよ」

「一人で大丈夫だよ」

一人旅を出来る術は学校で身につけたし、魔物だって倒せる術はある。

「過信はダメ。あなたは時々短気だし、料理のことになると周りが見えなくなるし、いい匂いに誘われて魔物にがぶり、なんてところが目に浮かぶもの」

それは否定できない。

「オーリトーリ、フェリシアをよろしくね。この子はすぐに迷子になるからね」

ハリネズミはにこりと笑った。

それからメリルは思い出話をしながら私を学校の外まで送り届けてくれた。

「まったく、あなたときたら、入学早々に食堂のメニューを全部変えたり、授業を抜け出して収穫祭に行ったり、手作りキャンディで稼ぎすぎて先生に怒られたり、問題ばかり起こしていたけれど――」

「それは、本当にごめん」

それら全ての騒動にはメリルを巻き込んでしまった。

「それでも楽しかったわ。あなたに振り回されるのは」

メリルの目元に涙が浮かんでいて、私もつられてしまう。

「元気でね、フェリシア。時々は手紙を書いてちょうだい」

「――うん」

「時間がなくてこれしか用意出来なかったけれど」

メリルは土魔法で作った小さなオカリナを私の手に載せてくれた。

「きっといい風があなたに吹くわ」

ああ。やっぱり、離れるのは少し寂しい。上手《うま》く言葉が返せない私にメリルは背伸びして私の頭を撫《な》でた。

「いつかまた会えるわ。その時はフェリシアの新しい料理を食べさせてね」

「その時はメリルが泣いて感動するくらい、おいしい料理を作ってあげる」

今日私は海を渡り旅に出る。

一人前の魔法使いとして。

*

中央大陸から北大陸に船で向かうには七日かかる。

港には商用の大型の帆船が停泊しており、それが夏の最後の船だ。

食料を買い込んでいたせいで出航ぎりぎりになってしまった。

「あの、客室を取ってないんですが、まだ乗れますか？」

「ああ。旅の魔法使いさんですね、どうぞ」

舟渡しに見せただけですんなりと通った。本当にこのツバメの記章が役立つなんて。

しかも王立魔法学校出身というだけで乗船料は格安。豪勢な客室は流石《さすが》に取れなかったけれど、ベッドがあれば十分だろう。食料もたっぷり買い込むことが出来たし、幸先《さいさき》はいい。

錨《いかり》を上げ、出航の合図の汽笛が鳴る。

「いい天気で何より」

潮風を摑《つか》んで進む帆船、雲一つない晴天に、私もオーリトーリも浮かれていた。甲板で優雅に潮風を浴びてのんびりできる。それよりもこの七日間、退屈しないように暇潰しを考えなくては――。

中央大陸の港は南方にあるため、北大陸へ向かうには南海を迂回《うかい》する。

通称、ドラゴン諸島と呼ばれる南諸国は地底熱で温められた海水で、大きな魔物がいるという伝説もある。しかし今は船に魔物除《よ》けを施してあるため、魔物に船を沈められることはない。

商船のためか、行商人とその家族が乗客のほとんどを占めていて、魔法使いらしい人は私だけだ。

しかし甲板の端に異様な雰囲気の人が一人。

フードを目深に被《かぶ》り、ローブの先から鞘《さや》が見えている大剣から剣士だとうかがえる。荒くれ者とは違い不思議と気品を感じる。訳ありの貴族、と言われても納得がいく風貌だ。

私がその旅人をこっそり観察していたら、オーリトーリが急に肩をウロウロと歩き回って何かを訴えている。

「あ、こら！」

私が目を離した隙に一羽《わ》のカラスが食料袋に頭を突っ込んでいたのだ。

追っ払ってもまだ袋の周りを飛び回るため私はカラスの首根っこを掴んで脅した。

「あんまりイタズラすると食べてしまうよ」

カラスはぎい、と鳴いて船尾の方へと飛んで行った。

「変なカラス」

首を掴んだ時の違和感。何かがカラスの皮を被っているような気味の悪い感覚が手に残った。

用意してもらった客室は少々手狭で埃《ほこり》っぽい。少し粗末なベッドだけれど、眠るには十分だ。多分、元は倉庫だったのだろう。

杖《つえ》で掃除の魔法をかけてテーブル、ベッド、床に被った埃を追い出した。

初等部の授業では何度この魔法で不合格を出されてしまったことか。掃除の魔法も使えない魔法使いが宮廷に勤められるわけがないと先生に叱られて、恥ずかしい思いをしないようにと同室のメリルに根気よく教えて貰ったのが今は懐かしい。

最後にオイルランプに火を灯《とも》して完了だ。

「あー、眠い」

慣れない船旅で疲れてしまったから、今日は簡単な食事で済ませてしまおう。食堂のメニューでもいいが、ここで散財するのは危険だ。

私は髪を結って、旅行鞄《かばん》から調理器具を取り出した。

昼間のうちに魔法で捕まえた魚を一匹、下処理をしておいて正解だった。

生魚を楽しむのが船乗り流だが、万が一あたって船内で体調を崩すわけにはいかない。

まずは生ではなく焼き魚か煮魚がいい。年中獲《と》れる白身魚だ。

南大陸の郷土料理アクアパッツァにしよう。オリーブオイルを引いた平鍋で一尾まるごとを焼いて、砂抜きをしたアサリと買っておいたトマトと一緒にじっくりと煮る。染み出たスープをスプーンですくって具材にかける。味のベースにはバジルバター、ブラックペッパー。十分に味が染みたら出来上がり。

ああ、匂いだけで幸せ。一尾まるごと食べるなんて贅沢《ぜいたく》だ。

冷たくしておいたレモンティーをドリンクにして、準備完了。

オーリトーリは魚も油もダメなので、別に用意してある。

「あなたにはこれをあげるわね」

ヘーゼルナッツペーストを載せたバケット、それからぬるくしたミルク。オーリトーリはお気に入りのメニューにご満悦だ。

私は両手を組んで祈りを捧《ささ》げた。

「〈名もなき英雄〉に感謝して、いただきます」

船旅にはやっぱり魚料理だ。

オリーブオイルとなじんだ海鮮の味はたまらなくおいしい。トマトの酸っぱさとバターのしょっぱさとふわふわの白身。アサリのしっかりとしたダシがこの上なくいい。

港町のレストランで食べた味を思い出す。どうしてももう一度食べたくて、魚を釣る魔法を覚えたのは正解だった。

料理と魔法は切っても切れない関係にある。料理のために魔法を覚えたと言っても過言ではない。植物学や薬学も悪くない成績だったのは私の料理に対する好奇心のおかげだった。つまりは空腹こそが私の原動力になったのだ。

「ああ、海の幸、最高！」

私は手が止まらず、あっという間に完食してしまった。

「しまった！　またやっちゃった」

結局手の込んだ料理を作ってしまった上にバケットをまるまる食べきってしまった。

ゆっくりしてしまうとついつい食べ過ぎてしまう。

手間をかけずに節約すると決めていたのに、初日からやってしまった。

作ることに夢中になっていたのか、もう月がすっかり高くなっている。

シャワールームはないため、お湯を魔法で作って桶《おけ》に入れて軽く体を拭いた。毎夜今日のレシピを綴《つづ》るのが私の習慣だ。作ったものだけじゃなくて思いついた食べたいものも忘れないように書いておくのだ。この船旅でもっとたくさんの海産物を食べられますように。

食べるものに不安がない日々はこんなにも楽しい。

「おやすみ、オーリトーリ」

ランプを消して眠りに就いた。


真夜中、妙な気配に私は目を覚ました。

何だろう。美味《おい》しく焼き上がったパンに、次の日カビを見つけた時のような気持ち悪さだ。

何かを見落としている気がする。

嵐が来るというメリルの占いを聞いてしまったせいだろうか。妙な胸騒ぎがする。水でも飲んでおこうと体を起こして、気が付いた。

「オーリトーリ？」

いつも枕元にいるはずのハリネズミがいない。ベッドの下にも旅行鞄の中にもいない。鍵が掛かっている部屋でも姿を消して逃げ出せるから気まぐれを起こして部屋の外へと出てしまったのかもしれない。

私はローブを羽織って、杖に光を灯して甲板に出た。船は夜でも波で揺れている。

万が一、海に落ちたとしてもオーリトーリは瞬時に移動できる力がある。その力を使えば容易に戻って来られるから心配はないのだけれど、呼びかけにも応じないので心配だ。

好物の特製クッキーをポケットに入れて、私は使い魔の名前を囁《ささや》き声《ごえ》で呼び続けた。

また、妙な気配を感じた。

グルグルと渦巻く奇妙な魔力の気配だ。

おかしい。私は船酔いなんてしないし、こんな商船には幽霊なんていないはずだ。

海は凪《な》いでいるし、潮風とは違う妙に生臭い臭いがする。

私はその気配の正体にようやく気が付いた。

「え？」

巨大な何かがマストの上から船を覗《のぞ》いている。

白い鱗《うろこ》に覆われた滑らかな体躯《たいく》。刃物のように鋭い背びれ。魔物の証《あかし》である真っ赤な眼光。

大海蛇シーサーペントだ。

体液に含まれた毒で獲物を怯《ひる》ませて食らう海の魔物だ。ぼたぼたと垂れる唾液は帆を溶かし、巨大な体躯は船を海底へと沈めようとしている。

どうしてこんな魔物がここに？

――しまった。

血のように赤い眼《め》が捕らえるのは間違いなく私。海底に潜むこの魔物が杖から放たれた光に吸い寄せられるのは道理だ。

あんなに学校で訓練したというのに、魔法が思いつかない。

「あ……」

黒く淀《よど》んで生臭い、大海蛇の口がもう目の前にある。

こんな簡単に私の旅は終わってしまうのか。こんなことになるならメリルの言う通りに先延ばしにすれば良かったと、絶望と後悔が私の思考を支配した。

その瞬間、何かが目の前を翻って一閃《いっせん》の白い光が弧を描き、大海蛇の首を一刀両断した。

まるで、暗闇の中で輝く一条の光。

私が作る光よりも星々の光よりもずっと強くて綺麗《きれい》で、私は息を呑《の》んだ。

似ている。

災厄の時代を終わらせたあの奇跡の光に――。

ただ剣を振るっただけなのに、その刃も太刀筋もなんて美しいんだろう。


大海蛇は絶命し、斬られた胴体はずるりと船の外へと落ちていく。

一人の青年、彼が私の背丈ほどある大剣を片手で軽々と扱い、その一撃で大海蛇の首を落とし窮地を救ってくれたのだ。血と毒が甲板に飛び散り、船には大海蛇の生首だけが転がっている。

一瞬の出来事に私は混乱して、腰を抜かしたまま呆気《あっけ》に取られていた。

「……」

颯爽《さっそう》と現れた、右目を眼帯で覆ったその青年は出航前に見た不思議な雰囲気の旅人だった。彼は眼光鋭く私を見下ろしている。

あんな大蛇を一撃で倒すなんてとんでもない膂力《りょりょく》だ。

『まったく、お礼も言えないのかい』

『これだから若い人間は嫌いなんだ。礼儀知らずめ』

青年の肩の上からひょっこりと現れたのは説教をする白いカワウソと黒いカラス。どうやらこの旅人の使い魔らしい。随分と口が悪い使い魔だ。しかし剣士で使い魔がいるなんて珍しい。

「あ、ありがとう、ございます」

「……」

旅人は無言のまま、懐に手を入れて取り出した物を私に手渡した。見慣れたトゲトゲの小動物に私は声をあげてしまった。

「オーリトーリ？　どこに行ってたの！」

けろりとしているハリネズミはまるで何事もなかったかのように気にしていない。

『このハリネズミがこちらの部屋に入って来たのさ』

「はい？」

カワウソは迷惑そうにぼやいた。

「こら、オーリトーリ。私に一言くらい声を掛けて！　捜したんだから」

どうしてそんなところまで冒険に行っていたのだろう。

ぷい、とオーリトーリはそっぽを向いた。いつも聞き分けがいい子なのに。これは後でお仕置きが必要だ。

「問題ないか？」

「え、はい」

たった一言。抑揚のない淡々とした口調。しかし若々しい凛《りん》とした透き通るような声だ。

旅人はそうか、と大剣を鞘《さや》に戻して立ち去ろうとした。しかし着用しているローブでは防ぎきれなかった血しぶきと毒が顔にべったりと付いているではないか。

「待って、毒が――」

「大したことはない」

大海蛇の毒は猛毒だ。浄化をしないと顔が焼け爛《ただ》れて取返しのつかないことになる。皮膚から入った毒が全身に回ってしまったら心臓も止まるだろう。

旅をしている冒険者は傷を軽んじていると同行した魔法学校の先輩たちはよくぼやいていたのはこのことか。

「こっちに来て」

「……」

私は旅人の手を掴《つか》んだが、戸惑いこそしていたものの、彼は大人しく引っ張られた。

「今の大きな音は何だ！」

「船尾で何があった？」

「その首には触らないで下さいよ、毒があるので」

今更になって出て来た船員たちを押しのけて、私は自分の部屋まで旅人の手を引っ張った。

すれ違いざまに旅人の顔に浴びた血に悲鳴を上げるご婦人もいたが、気にしている暇はない。

私は自分の部屋に戻ってすぐにランプを灯《とも》した。

お節介だと振り払うことも出来たはずなのに、従順について来てくれて助かった。

ひとまず旅人をベッドに座らせて、私は準備に取り掛かった。

まずは真水で流して毒を薄めて、それから治癒魔法をかける。それでも治らないところは毒の分解をしてまた治癒魔法をかける。これを繰り返せば元通りになるだろう。

毒液は眼帯にまで掛かってしまっていた。右目を覆う眼帯は粗末な布で、服も随分とヨレている。長い旅をしてきたのだろう。

「俺には触れない方がいい。毒なのだろう」

「大丈夫。私は魔法ですぐに回復出来るから。それより、眼帯を取ってもいいですか？」

「――ああ」

やはり痛むのだろう。私が眼帯に指を滑らせると顔を少し顰《しか》めている。

出来るだけ右目の傷は見ないようにと配慮して、エリクサーを浸しておいた清潔な布を用意しておく
ニガヨモギと雪解け水を混ぜ、星の光を浴びさせたこのエリクサーなら強い浄化の力が働くだろう。これで魔法をかければきっと――。

「あれ、魔法が効かない？」

治癒魔法が機能しない。魔法は間違いなく発動しているのに、毒が強すぎて効いていないのだろうか。

『全く効いていないじゃないか！』

『白ポプラにカーネリアン。回復特化の魔法の杖《つえ》だな。小娘には勿体《もったい》ない。使いこなせていないのだな』

小うるさいカラスと博識のカワウソは『それでも魔法使いか』と私の頭をぺちぺちと叩《たた》いて抗議する。

「ちょっと黙って！　海の魔物の毒は初めてだから、効いていないだけかも」

それでも魔法が一切効かないのはおかしい。毒がついた服が邪魔をしているのだろうか。

「ちょっと着替えを貰《もら》って来るから、これを食べて待っていて」

私は旅行鞄《かばん》からキャンディが詰まった瓶を渡した。薄桃色、空色、琥珀《こはく》色、白色などカラフルで、様々な形にカッティングしたそれらは目で見て楽しむことも出来る私お手製の自慢の一品だ。

「何だ、これは」

「四季の花蜜のキャンディだよ」

「……」

「この白色は食べないでね。貴重なものだから」

旅人は瓶から薄桃色のキャンディを一つ手に取ると、不思議そうに見つめている。人が作ったものが食べられない性質なのだろうか。

「食べて」

「――ああ」

旅人は指先でつまんだキャンディを舌の上に転がした。何だかその所作には品があって、先ほど大海蛇の首を落とした指先とは思えない。

改めて観察するとこの旅人はかなりの美丈夫だ。闇夜であった上にローブと眼帯のせいで顔がはっきり見えなかったけれどランプの下だとよく分かる。真っ白な雪のような白髪と肌。多くの冒険者は日焼けしているが、この人は違う。

「どうした？」

「別に、何も」

私は慌てて顔を逸《そ》らして、そそくさと部屋を出た。

甲板に転がる大海蛇の首を見て事態を知った船員たちは、どうやら私たちが大海蛇を倒したと色々慌てている。実際私は何もしていないが、顚末《てんまつ》の説明は後だ。

とにかく治療をしたいから清潔な服をくれないかと打診をすると、裕福そうな行商人が売り物の男性向けの服を一式くれた。

「いいえ、こういうのは助け合いですよ。これも〈名もなき英雄〉の思《おぼ》し召《め》しです」

「お代は後で必ず」

信心深い行商人は祈るように両手を組んだ。

「では、お言葉に甘えて。ありがとうございます」

こうやって〈名もなき英雄〉のおかげで親切が広がっていくのは何だか嬉《うれ》しい。

急いで戻らねばと踵《きびす》を返したその時。

「──っ」

背筋が凍るような魔力を感じて、私は眩暈《めまい》を起こした。

大海蛇とは比にならない、禍々《まがまが》しくて強靱《きょうじん》な魔力。

膨大ではないが濃く鋭く刺すようなその魔力の出所は私の部屋だ。

「まさか、魔族？」

魔族は魔物の中で最も上位に位置する存在。

数こそ少ないが、その力は絶大。人語を操り、魔物を従えるという。人間と同じく社会制度の構築、文化、文明を築きその多くは魔界に住むという。人間の歴史において魔族は常に害をなす存在として現れ、人間をおびやかしてきた。

「どうして魔族がここに──」

大海蛇の出現といい、ここまでくると何か仕組まれているとしか思えない。しかも……。

「どうしよう、杖《つえ》を部屋に置いてきちゃった」

私の迂闊《うかつ》さにオーリトーリは「あらまあ」と口を両手で覆う仕草をした。

杖がなくても簡易的な魔法なら使えるけれど、魔族を相手にするなら杖は欠かせない。

大海蛇以外にもそんな大物がいるなんてこの船はきっと呪われている！

私は頭を抱えて自分に出来得る限りの作戦を立てた。

人払いの魔法を施して乗客の安全を確保する。光魔法で魔族の目をくらまして、すぐにあの旅人と協力して何とかしてもらうしかない。

「杖はあなたに任せたよ、オーリトーリ。扉の横にあるからね」

部屋の扉の前に立って深呼吸を一つ。

オーリトーリは私の合図と同時に扉を勢いよく開けて魔法を出そうとした瞬間、私は目を疑った。

「そんな」

禍々しい魔力に加え、黒く染まった四肢。魔族特有の尖《とが》った耳。

助けを求めようと思っていた白い旅人その人が魔族へと姿を変貌していた。いや、元から魔族だったのだ。

彼は目線だけを私の方へと向けたが、目を合わせる前に私は恐怖とは違う悲鳴を上げた。

「ちょっと、何で裸！」

辛《かろ》うじて下ははいていたと思うけれど、魔族に対する恐怖心よりも羞恥心の方が勝ってしまい、魔法を出すどころか私は顔を覆って後ずさりした。

『服を着替えろと言ったのはお前だろ』

『いやはや。青いねえ、初心《うぶ》だねえ』

カワウソとカラスはけらけらと愉快に笑っている。

この旅人が魔族、ということはカワウソとカラスは使い魔ではなく魔族の眷属《けんぞく》だ。

この短い旅の間で何度目の迂闊な行動をしてしまったのだろう。

扉の前で狼狽《うろた》えていたら、凄《すご》い力で腕を引っ張られて部屋の中へと引き込まれ扉を閉められた。

このままでは殺されるか食べられてしまう。

魔族の魔眼は魅惑や石化の力を持つという。絶対に目を合わせてはダメだ。

――オーリトーリ、杖はまだ？

呼びかけに応じない使い魔に私は苛立《いらだ》ちながら手探りで杖を捜した。

「何をしている？」

目を合わせないように、それも顔を上げずに魔族と対峙《たいじ》するなんて……。

こんなの無理だ！

「お願いだから、食べないで！」

「目を開けろ。何もしない」

「え？　杖？」

目を瞑《つむ》ったまま命乞いをする私に、杖を渡してきた。

魔族の甘言には惑わされてはならない、絆《ほだ》されてはならない、という暗黙の掟《おきて》がある。

しかし敵対する相手に武器を渡し、無抵抗の私に何もしてこないのだから、「何もしない」という言葉は信じていいのかもしれない。

私は恐る恐る目を開けた。

人というより白い妖精のよう。彫刻のような整った筋肉と細い体躯《たいく》に思わず見とれてしまう。人の姿に最も近い、美しい姿で人を惑わし近づいて食らう魔族を思い出したが、あまりの距離の近さに私は思考停止していた。

「お前には調べて貰いたいことがある。協力しろ」

「い、いや。その、服を――」

「早くしろ。時間がない」

「分かった、分かったから！　お願いだから服を着て」

私は渾身《こんしん》の力で魔族の顔面に服を投げつけてしまった。

まだ夜が明けないうちに、甲板を騒がしくしている間、私は船底にある積荷《つみに》置き場へと向かっていた。甲板の方はまだ大海蛇の後始末に追われているらしい。

お腹《なか》が空いてしまって夜食でも食べたいところなのに、こそこそと船員に見つからないように、「ある物」を探さなければならなくなった。

「ああ、もう。何で私が……。それもこれも、全部あなたのせいだから。このまん丸ネズミめ！」

頭で休憩しているハリネズミの腹をこちょこちょと揉《も》んでやった。くぷくぷと笑うだけで反省の色は全くない。杖をさっさと渡してくれれば私にも勝算があったのに。

しかし魔族と戦う以前の問題で私は敗北していた。

長い寮生活で男性に免疫がないのが良くなかったのかもしれない。故郷にいた時もほとんど祖母と二人暮らしみたいなもので、若い男性との接触はなかった。

大丈夫。人と体の構造は似ているけど、それだけだ。と深呼吸をして忘れようとしても、

「――っ」

思い出しただけで恥ずかしい。思わず杖で頭を殴った拍子にオーリトーリがぽろりと落ちてしまった。

――あの魔族、少し痩せていたな。

膂力《りょりょく》と体つきは比例しないのだろうか。

あの旅人もとい、魔族が私に頼んだことは一つ。

大海蛇が近づいて来た理由を探して、解決して欲しいということだ。

積荷に違和感があると彼は言ったが、特に異変はないように思える。

何か良くない物が積荷に紛れているのか、それとも魔物が潜んでいるのか。

船底は真っ暗で、荷物番もいない。行商人の商品、日用品。それに食料が山と積まれている。少々磯《いそ》臭いけれど、湿気が来ないように十分な香を焚《た》いている。

この大量の荷物の中から探し物をするのは骨が折れる。

「宝探しなら、あなたの出番だよね？」

いやいや、とオーリトーリは首を横に振った。今日はとことん反抗的らしい。

「そんなわがまま言うなら、もうクッキーを作ってあげないよ」

オーリトーリは口を大きく開けて、やだやだと駄々をこねる子どものように短い足で飛び跳ねた。

「オーリトーリ」

私の威圧にハリネズミは渋々頷《うなず》いて、しゅるんと姿を消した。宝探しに出掛けたのだ。

しばらくして暗い奥の方から鳴き声がした。

積み重ねられた麦の麻袋の一番下を気にしている。そこに目的の物があるらしい。

「お疲れ様」

ぷん、と鼻を鳴らしてしゃがんだ私の肩へとよじ上った。

ちょっと気が引けるけど、この麻袋を引き裂かなければ確かめることは出来ない。

「これは、〈海の雪《マリンスノー》〉？」

白く滑らかな手触り。手のひらに収まるくらい小さい、花のように咲く真珠。

〈海の雪〉は海の魔物や精霊が守るという海の至宝。真珠貝から稀《まれ》に採れる物で高価で魔力が蓄積されている。それが商船のこんな麻袋の中に隠されているのか。

そして突如現れた大海蛇。

私はすぐに理解し、お腹の底から怒りが込み上げてきた。

誰かが大海蛇から盗み食料の中に隠した。きっと足が付かないように北大陸の港で売ってしまう算段だったのだろう。

「それを食料に隠すなんて」

この〈海の雪〉と呼ばれる真珠は、美しい見た目に反して猛毒を持つ。人にとっては毒だが、大海蛇はその真珠を食べて体に毒を貯《た》めるのだ。真珠に付着した麦はもう全て食べられるものではなくなった。たった一つで麻袋一つが毒の麦と化してしまう程に強力だ。

そしてオーリトーリはまた鼻を鳴らして、私に訴えかけてくる。

天井まで届く棚に積まれた麻袋の山からまだ〈海の雪〉の気配がした。

「まさか、ここの棚にある物、全部に？」

毒があることを知らずに検査に引っかからないようにいくつも隠したにちがいない。

『見つけたのか』

極彩色の翼を羽ばたかせた一羽《わ》の鳥が現れた。主に代わってカラスが様子を見に来たらしい。

「あなたの主は？」

『部屋にいる。お前のような下賤《げせん》の者には坊ちゃんの気遣いが分かるまい。それでどうだった？』

「この食料のほとんどにこの〈海の雪〉が入っているみたい」

『ふん、そんなことだろうと思った。それでお前はどうするのだ？』

「そんなの、早く犯人を見つけて問い詰めないと」

『そんなことをしているうちに魔物がまた来るぞ』

「じゃあ、どうするの？」

『坊ちゃんより伝言だ。宝を海に返せ、となが』

そこからカラスが言い出したのは大変無茶苦茶な話だった。食料の中から全ての〈海の雪〉を探し出して、海へ戻せというのだ。オーリトーリが発見した食料の麻袋や木箱を開けて見つけたのは全部で三十二個。よくもまあ、こんな手の込んだことをしたものだ。

オーリトーリはすっかりへとへとだ。

「後でご褒美あげるからね」

毒でダメになった食料を束ね、隠しておく。〈海の雪〉を袋にひとまとめにして、大海蛇の首が転がっている騒がしい甲板ではなく、乗客からは死角になる舟渡しの方へと見つからないように向かった。

「元々あった場所まで引き返せないけど、どうするの？」

『魔法使いなんだ。精霊くらい呼べるだろう？』

「あ、そっか」

何だか先生みたいなカラスだ。

精霊を呼ぶことは魔法使いにとっては難しいことではない。魔力を渡すことで力を貸して貰《もら》える隣人だ。海の精霊にこの〈海の雪〉を元の場所に戻すよう頼んでみればいい。小さい時に湖の傍《そば》で一度試したきりだけれど、きっと大丈夫だ。

精霊を呼ぶには音と光があるといい。

唄を歌う、呪文を唱える、火を囲むなど色々とあるが、私は祖母に習ったとおりの魔法を選んだ。

魔鉱石に光を灯《とも》し、杖《つえ》を振って足で円を描いて、杖先をとん、とんと突いて音を水面に伝える。

しばらくして、上空を旋回していたカラスが戻って来た。

『――来たぞ』

水面をコロコロと転がる宝石のように現れた淡く小さな光は、海の精霊である小さいマンタの群れだ。

「この宝はあなたたちの物ね」

精霊たちはふわふわと浮遊して、私の手元に近づいて〈海の雪〉を確かめ頷いた。

「誰かが盗んでしまった。代わりに私があなたたちにお返しします」

私が袋にあった〈海の雪〉を宙へと放つと、精霊たちはわあ、と喜んで飛び回った。

宙に舞う白い花弁と光が本当の雪みたいに綺麗《きれい》だ。

何だかようやく魔法使いらしいことが出来た気がする。

安堵《あんど》した私の足元にびちょり、と甲板に落とされたのは粘着性のある海藻。

「なに、これ」

きっと精霊たちのお礼の品だけど、ちょっと気味が悪い。

『ふん、良かったな。それを食えば忘れた物を思い出せる〈記憶藻《きおくそう》〉だ。老いた魔法使いのボケ防止に使われる』

「これがそうなの？　でも、生臭すぎる」

これはちゃんと干したり湯がいたりした方が良さそうだ。下処理が面倒だけれど、きちんと調理をすれば食べられるかもしれない。港についたら早速調理法を調べてみなくては。

魔法を使って疲れて眩暈《めまい》を起こした私を支えたのは、魔族の青年だった。

「終わったのか？」

「うわ、良かった。ちゃんと服着てる」

先ほどのほぼ裸体とは違い、今度は暑苦しいくらい顔をしっかりと隠したローブ姿だ。

「でもそこまで厚着しなくても」

「魔族がいると分かったら、船内がパニックになるだろう」

だから最初からフードを被《かぶ》っていたのか。その妙な人間への配慮が魔族らしくない。

私のイメージする魔族はもっと堂々としていて、高らかに笑い、人間を力でねじ伏せる性悪なのだが、何だか調子が狂う。さっきまであった禍々《まがまが》しい感じがまるでなく、魔力が弱くなっている気がする。

『坊ちゃん、そんなに心配しなくても』

『お前はさっさと寝な。人の子は貧弱なんだから』

カワウソはぺちぺちと私の頭を叩《たた》いた。

「ダメ。まだ、やることとある。毒でダメになった麦と食料を何とかしなきゃ」

「捨てて置けばいいのか？」

「違う、後で、料理するから」

何だろう、凄《すご》く眠い。

魔族の腕の中で寝てしまうなんて、無防備にも程がある。

「だって麦畑で大事に育てられたんだよ。捨てるなんて出来ない」

『子猫を拾った子どもか、お前は』

安全を考えるなら、きっと捨てた方がいい。でも、そんなことは私には出来ない。

ああ、ダメだ。体に力が入らない。そんなに魔法を使っていないのに。

「調理をしてみる、から。私の部屋に集めて、おいて」

気を失う直前に視界に入ったのは戸惑う青年の顔だった。

＊

花のような甘い匂いで私は目を覚ました。

甘くとろけるような匂いはずっと嗅いでいたいけど、海の上に花があるはずはない。

私はゆっくりと体を起こした。窓辺から差し込む光から、日がすっかり高くなっていることが分かる。

「起きたか」

「って、何でここにいるの？」

私は慌てて枕元にあった杖を魔族に向けた。彼はベッドの端に座りながら、剣の手入れをしていた。白シャツに黒いズボンというシンプルな恰好《かっこう》だからだろうか、こうしてみると人間に見える。出会った当初と同じくらい魔力がなくなっていた。

「お前が部屋から出るなと言ったんだろう」

「そう、だけど」

そんなことを律儀に守るなんて思わなかった。

血を吸うために人を殺さない魔族もいるというが、私の体のどこにもその形跡はない。

魔力を失いすぎて気絶してしまうなんて不覚だ。

きっとオーリトーリに魔力を回しすぎたせいだ。その肝心のハリネズミは魔族の膝の上ですやすやと眠っている。この浮気者め！

青年は大剣を鞘《さや》に納め、オーリトーリをぽい、と私に返した。

「今から甲板のシーサーペントの処理をしてくる」

ということは、〈海の雪〉を返した後から何もしていないということだ。

「まさか、ずっと起きていたの？」

「魔族に睡眠は不要だからな」

元々眼帯をしていた右目以外、大海蛇の毒を浴びて赤くなっていた肌はすっかり完治していた。魔力が一時的に回復したおかげか、やはり私が調合したエリクサーの効果があったのだろう。

あの様子ならそのまま部屋から出ても、人間だと認識してもらえるだろう。

「で、どうしてあなたはここに残るの？」

『お前の見張り役さ。女同士なんだから気にせず着替えな』

私が顔を洗おうとしたのだが、白いカワウソが桶《おけ》に勝手に入って水差しで水浴びをしていた。このカワウソだって魔族の傍にいるなら魔物の一種だ。警戒をしなくては――。

『坊ちゃんには感謝するんだな。お前が寝ている間、うるさかった船員たちを追い出したんだ』

「そう、だったんだ」

魔族の気まぐれは本当によく分からない。


私が身支度を終えた頃に青年は戻って来たが、少々疲れた様子だ。

「もしかして、怒られた？〈海の雪〉のこととかバレて」

「いや。話してはいない」

「その方がいいね」

〈海の雪〉を持ち込んだせいで大海蛇に襲われたと知られたら、その食料を持ち込んだ行商人は糾弾され、今度は面倒ごとが増えるだけだ。

『人間は愚かで稚拙ですから。言わぬが花ですよ』

カラスは私の方をちらりと見た。このカラスは愚かで稚拙なのは私も同じだと言いたいのだろう。

運び込んできた山のように積まれた麻袋と木箱で部屋が少々手狭になってしまった。食料はどれも黒ずんでいて時間が経《た》てばただの灰になってしまうだろう。

「これをどうする気だ。調理するとか言っていたが」

青年は邪魔だと言わんばかりだが、私にとっては貴重な食料だ。

「小麦にチーズ、トマトとサラミ。後は窯さえあれば作れるよ」

「──何を？」

彼らは揃《そろ》って首を傾《かし》げた。まったく、察しの悪い魔族と魔物である。

「ピザを作るの」

『ピザ？』

南大陸の定番料理だが、彼らは知らないのだろうか。

『食い物か？　食えるのか？』

「毒に触れた食料を浄化してから作ればいいんだよ」

得意になる私に反してカラスとカワウソはケラケラと笑って馬鹿にする。

『馬鹿め。そんなことできるわけない』

『食材を浄化する魔法なんて御伽話《おとぎばなし》に出てくる〈豊穣《ほうじょう》の魔法使い〉じゃあるまいに』

毒が満ち荒廃した大地を広大な麦畑に変えたという〈豊穣の魔法使い〉。その魔法使いの逸話は各地で語られ、御伽話となったのだ。

何だか魔族にまで知って貰えていることが嬉《うれ》しくて、私は思わず答えてしまった。

「大丈夫。私はその魔法使いの孫だから」

私は祖母と同じ白ポプラの杖を手に持ち、浄化の魔法を使う。

これで食材も十分料理に使える。

「冷凍しておけば港までの食料になるし」

それに、港に着く前にこのピザを乗客に売って少し稼いでもいいかもしれない。

「まずは窯作りね」

この船にはピザ用の窯などないし、部屋にもそんなスペースはない。

私は部屋のすぐ近くにある階段下に土魔法で小さなピザ窯を作り、木箱を薪の代わりにした。

ああ、メリル。あなたの教えがこんな形で役に立つなんて。

初級の土魔法すら上手《うま》く使えなかった私に、同室のよしみで根気よく魔法を教えてくれたメリルに心の中で感謝した。

「俺は何をしたらいい？」

急に背後から声がして私は飛び上がった。

「じゃあ、火の番をしながらチーズをスライスしてて」

「スライス……」

青年は自分の手に持った大剣をちらりと見た。

「言っておくけど、それを使ったら怒るから。ほら、私のナイフ使っていいから。パラパラっと削る感じ。分かる？」

「やってみる」

チーズまるごとと木皿とナイフを渡された魔族なんて面白過ぎる。

「私は今の内に生地を延ばしておくから」

小麦粉と水でピザ生地を準備して、暫《しばら》く寝かしておく。その間にソース用にトマトをつぶして、サラミも切っておく。

「そういえば、ドライバジルもあったな」

私は旅行鞄《かばん》の中を探り常備しているハーブの袋からバジルを取り出した。寮の周りにこっそり植えて育てていた物の一つだ。

生地を延ばして、ソースを塗って具材をのせる。四枚あれば十分だろう。

肝心のスライスチーズを作っていた青年は随分と丁寧な仕事をしてくれていた。

「上手に出来たじゃない」

「そう、か？」

仕上げにたっぷりのチーズをのせて焼いたら後は出来上がるのを待つだけだ。

パリッとした生地が出来るように、魔法で火力を調整しておく。

『火の魔法は苦手なのか』

暇を持て余したカワウソは私の肩に乗ってちょっかいを出して来た。

「ちょっと！　集中してるから話しかけないで」

『魔法使いにちょっかい出すのが魔物の醍醐味《だいごみ》なのさ』

主であるはずの青年は傍観している。

「気に入られたな」

「嬉しくない！」

窯に張り付いているから汗びっしょりだ。焼くこと約一分。

「出来た」

生地はパリパリ、食欲をそそるトマトソースとチーズの匂い。それに爽やかなバジルをのせて完成。

まずは一枚を六等分して一切れずつ食べてみる。

最初は警戒していたカラスとカワウソは毒見だと言いながら一口。

『美味《うま》い！』

『なんだ、この蕩《とろ》けて伸びるものは』

カラスとカワウソは揃ってピザにかぶりついている。

「まさかチーズを知らないの？」

『ぶどう酒に合うぞ』

「サーミャ、ザリウス。飲みすぎるな」

偉そうな白いカワウソがサーミャ。文句が多いカラスがザリウス、というらしい。彼らはそろって積荷から勝手に盗んだぶどう酒をぐびぐびと飲んでいる。

「んー。やっぱり、ピザにはトマトソースだね」

オーリトーリは熱い物は食べられないから、冷ました生地の端を食べながらトマトソースを鼻の周りにくっつけてご満悦だ。後でまるごと洗ってあげなければ。

しかし、肝心の青年は一口も食べていない。まるで奇妙なものを見るかのように、ピザを眺めている。

「もしかして、ピザ嫌いだった？」

「いや、そうじゃない」

「お腹《なか》空いてないとか？」

魔族の年齢はよく分からないが、容姿からすれば十八歳前後で、人間でいえば食べ盛りのはずだ。

「一応、助けて貰《もら》った御礼《おれい》というか、貸し借りを無しにしようかと思って作ったんだけど」

私が目を離していたせいで、主の分までサーミャとザリウスが食べ尽くしてしまった。「坊ちゃん」と呼んで敬意を払っておきながらその正体は所詮魔物。躾《しつけ》がまったく出来ていない。

「ねえ。一つ質問いい？」

「ああ」

「どうしてずっと魔力がないフリをしていたのか、教えて貰える？」

想定外の質問だったのか、魔族の青年は瞬きした。

「それは元々魔力がないだけだ」

「魔力がない魔族？　でも、確かにあの時は魔力があったけれど」

「渡された砂糖菓子で魔力が戻った。一瞬だったが」

食事で魔力は戻るのは確かだが、それはあくまで人間の魔法使いだ。人間と魔族はその根本的な体質が異なることから魔力の性質も全く異なる。そもそも魔族の魔力が料理で回復するなんて聞いたことがない。そもそも魔族は捕食をするだけで料理という文化がない。

まさか、この魔族の主食が人間だったのなら――。

「わ、私は食べても美味《おい》しくないから！」

「人間は食べない」

「じゃあ、魔族は一体何を食べるの？」

随分と偏食の魔族だ。魔力はないし、人は食べないなんて。ベジタリアンの人間だっているし、魔族にも食の好みはあるのだろうか。

これはいい機会だ。魔族の苦手な物を聞き出してしまえばいい。

「苦手な物とかはないの？」

魔族の青年は逡巡《しゅんじゅん》して答えた。

「果実が苦手な者が多いと聞く」

「ええ、何それ！」

どんな本にも載っていない、学校でも習っていない情報だ。

魔物除《よ》けにリンゴの木や野イチゴは有効だと言うけれど、魔族は食べることも苦手なのか。確かに古い家ならば必ず果実のなる木を植えている。

「他には？」

「教えた代わりに、俺の頼みも聞いて貰おうか」

「――え？」

しまった。

人が知らない魔族の情報だ。それと引き換えに差し出す代償は計り知れない。

眼球か手足の一本か、それとも心臓か。

一体何を要求されるのかと、私は冷や汗が止まらなかった。

せめて髪の毛とか爪とか、失っても生活に支障がない物にして欲しい。魔族が提案する前に私は伸ばしていた髪を差し出そうと決意した。

しかし、魔族の要求は想定外のものだった。

「他にも、料理を作って欲しい」

「――はい？」

理解が追い付かないまま、魔族は淡々と語り続ける。

「昨晩、俺の魔力が戻ったのはお前がくれた砂糖菓子を食べた直後だった。恐らく、このピザとやらを食べたらまた魔力が戻るだろう」

「なら、魔力を取り戻してから脅せばいいのに」

「昨日は、怖がっていただろう」

「そ、それは。服を着てなかったからで――」

せっかく忘れていたのだから、思い出させないで欲しいのだが。私は咳払《せきばら》いをして話を戻した。

「つまり、魔力を取り戻したいってこと？」

「ああ」

人間が金や権力を手に入れたいのと同じように、魔族にとって魔力は力そのものだ。何があって魔力を失ったのか想像はつかないけれど。

魔族と旅をして、料理を作る？　私の料理で魔力を取り戻した？　私の料理には確かに魔法が少し使われている。しかしそれが魔族の力を取り戻せる程の効果があるはずはない。あくまで料理を美味しくするための初歩的な魔法なのだから。

しかし、この魔族は私が有用だと判断した。このまま同意すればきっと永遠にこき使われて地獄を見るに決まっている。

魔族と同行なんて、答えは当然ノーだ。

だって人にとって魔族は敵だ。住処《すみか》を奪い生活を脅かし、人間の倫理観など通じない連中だ。昔は人間と魔族の大戦争が起こり、多くの血が流れた。魔族に滅ぼされた町や国は数知れず。かつて西にあった大国も魔族に一夜で滅ぼされたことは歴史が証明している。

けれど私はこの魔族は恐ろしくはあるものの、嫌悪感は抱かなかった。

――何で、嫌じゃないと思うんだろう。不思議だ。

大海蛇から助けてくれたから？　オーリトーリが懐いているから？　この魔族に魔力がないからだろうか。

魔族はじっと、私の答えを待っている。

――どうしよう。

だがこの人のいい魔族を騙《だま》して、試してみればきっと私が知りたいことも分かるかもしれない。魔力を取り戻す力を与えられたのだ。ではその逆は？

例えば〝魔族を殺せる方法〟〝魔族を殺す毒を見つけること〟も不可能ではないだろう。どうせ短い旅だ。もし身の危険を感じたら逃げてしまえばいい。

「条件がある」

「何だ？」

「私とオーリトーリを傷つけないこと、それから危険な物から私を守ること。それが守れるならあなたに料理を作ってあげる」

「いいだろう」

魔族と一緒なんてスリリングな旅を、一体誰が想像出来ただろう。

「では契約だな。手を出せ」

「こ、こう？」

お互いの小指を交差させ、二度揺らした。

「これが、契約？」

「ああ」

何だか魔族との契約にしては可愛《かわい》らしい。少しだけ小指の先が熱かったのは契約の儀の影響だろうか。

「あ、そういえば」

私はこの魔族の名前すら知らなかったことに気が付いた。これだけ会話を重ねておいてすごく今更だけれど。

「私はフェリシア。あなたは？」

「――カナンだ」

私はその時はっきりその魔族の顔を見た。

雪のような白髪と透ける肌。

名乗った時のほんの一瞬、本当に一瞬だけれど、彼が笑ったように見えた。魔族であることを忘れさせせる年相応の青年の表情だった。

左目は緑を愛する綺麗《きれい》なエメラルドグリーン。魔族特有のマゼンダの縁取りは花弁を思わせる。まるで一輪の花みたいだ。

ああ、魔族の目でもこんなに色鮮やかなんだ。


これが私とカナンの長い旅の始まりだった。

＊

長い船旅を終えてようやく港についた。

実に十年ぶりの北大陸だ。

乾いた空気に、澄んだ高い空。

ここから先に続く高原と砂漠を越えれば私の故郷がある。

港町クラージュは中央大陸程ではないがそこそこに栄えている。

葉や花を模した旅守の石碑に、マゼンダ、紫、白、若葉色の布のテント。

市場には海産物は勿論《もちろん》、北大陸の特産品が並ぶ。短い夏の間だけ楽しめる果実の種類は南大陸に引けを取らない。瑞々《みずみず》しい高原野菜、濃厚な乳製品たちは私の目を奪う。

「後で必ず寄るから買うもの覚えておいてよ、オーリトーリ」

ここから長い旅をするのであれば、次の町へ行くまでの食料の計算は必要不可欠。これを考え出すと止まらないし、お腹が空いてくる。

ゆっくり見物する私と違い、カナンは市場を避けて歩いている。人混みは嫌いなのだろう。ちょっと目を離した隙にカナンはふらりと路地裏に入ってしまった。

小さな手押しのポンプ井戸がある広場で長椅子に座り込んでいた。

カナンに聞こえない距離でサーミャとザリウスに耳打ちした。

「ローブがなくても別に魔族に見える心配はないけれど」

『馬鹿め。そんな心配はしていない。坊ちゃんはお疲れなのだ』

『仕方ないね、私たちが宿を探してくるから。フェリシア、お前は坊ちゃんを頼んだよ』

「え、ちょっと！」

サーミャとオーリトーリはザリウスの背に乗って、私たちを置いて町へと姿を消した。揃《そろ》いも揃って主人を置いて行ってしまった。最近サーミャとザリウスと絡むようになってからオーリトーリまで真似《まね》して独断で行動するようになった気がする。私の使い魔なのに、何だか悲しい。

顔が元々白いから分かり辛《づら》いけれど、魔族も体調を崩すことに驚いた。

「……」

「ちょっと待ってて！」

私は急いで市場に戻って数種の果実を買い付けて調理に取り掛かった。

リンゴとナシをベースにしてイチジクとアンズと野イチゴ。

飲みやすくするために魔法で切り刻んで圧搾した果汁をコップに注ぐ。果肉を少し残しておけば歯ごたえも良い。疲労回復にピッタリだ。

「はい。名付けて果実のミックスジュース」

「果実――」

そうだった。魔族は果実が苦手だったのに。

「ごめん！　買い直してくる」

「いや、いい」

カナンはカップを躊躇《ためら》いなく受け取った。

「ひ、一口飲んでダメならいいから」

「心配し過ぎだ」

自分用にも作ったので私も飲みたくてまごついていた。長椅子は大きくてカナンの左右どちらも空いている。

「どうした？」

「えっと、どっちに座ったらいいかなと」

これから徒歩で旅をするのであれば、定位置は決めておいた方がいい。

ああ、とカナンは眼帯に覆われた右側を手で押さえた。

「左で頼む」

死角に入られるのは嫌なのだろう。私は言われたとおり左に座った。

カナンはジュースを一口飲み、「悪くない」と一言。

どうやら問題ないようだ。魔族によって苦手な果実があるのか、それとも魔力がない魔族には意味がないのか分からないままだけれど。私の迂闊《うかつ》な行動を何の抵抗もなく受け入れたことに、好奇心よりも罪悪感の方が勝ってしまう。

チラリと横目で観察していると分かってくることもある。

――本当に、緑色だ。

目の色はその人が求める物を映すという言い伝えがある。

野望に満ちた赤は血と大地を、希望と光を求めるならその目は黄金に。平和と安寧に生きるあなたは若葉を映し、内側を映す青さは恐れ知らずで、探求心に満ちている。

カナンの左目は日の光に当たると本当にエメラルドのように輝く。

「どうした？」

「いや、言い伝えも侮れないなと思って」

「何の話だ」

魔族は皆、獣のような目をしているが、カナンの目は何だか神秘的だ。やっぱり魔力がないと魔族には見えない。

「目の色で魔族を判別出来るって学校では教わったけど、カナンは違うなって。魔族は赤か黄色でしょう？」

「それは嘘《うそ》だな。魔族なら姿形は魔法でどうとでも変えられる」

「え、カナンも？」

「今の俺は出来ない。魔力がないからな」

「そういうものなんだ」

「サーミャはああ言ったが、俺にかまわず市場に戻っていい」

「市場なら明日もあるし、気にしなくていいって」

「なら、明日また頼めるか？」

「そ、それはもちろん！　い、いや。頼まれたら仕方ないなあ」

私は自分でもぱあ、と顔が綻ぶのが分かる。すぐに顔を覆ったからバレていないと思うけれど。とにかくカナンはジュースを気に入ってくれたようだ。

サーミャたちが見つけて来た宿は大変まともなものだった。

石造りで一階には食事処《どころ》があるし、雑貨屋も近い。これから旅の支度をするにはいい場所だ。一つの部屋だが仕切りがあって男女同室でも問題ない構造だ。

カナンは宿の廊下にある壁画を物珍しそうに眺めていた。

壁画は四枚。紙芝居のように描かれている。

順番に神の時代、人間の時代、災厄の時代。

そして〈名もなき英雄〉が救ってくれた今の時代。

英雄が空高く光を掲げて闇を払う、光を基調とした儚《はかな》いけれど力強い壁画は、私も好きだ。

「興味ある？　他の町にもあると思うけど。大きな町に行くと演劇もやってるみたい」

「そうか」

「挿絵付きの本とかもあるけど」

「──そうか」

「英雄を讃《たた》えた詩もあるし、それから──」

「ああ」

素っ気ない返事だけれど、目はしっかりと壁画に向いている。興味があるのかないのかよく分からない。

北大陸の人々は他の大陸に比べ最も〈名もなき英雄〉を敬愛している。だから道中あちこちに〈名もなき英雄〉のモチーフを見ることができる。何より英雄が世界を救った日である降臨祭《こうりんさい》は北大陸が発祥だ。カナンに色々と英雄の逸話を教えたいのだけれど、彼は英雄そのものに興味がないらしい。

私は旅支度のために魔法道具が売っている道具店に、カナンは武具店に立ち寄っているうちに日が暮れていた。

「フェリシア」

「え、また？」

度々オーリトーリはカナンの肩や頭に着地する。好きなところに姿を現せるハリネズミだけれど、何だか腑《ふ》に落ちない。

私の使い魔なのにカナンのことを警戒すらしないし、サーミャとザリウスとはまるで旧友のような親しさだ。きっと使い魔同士で通じるところがあるのだと思うが、私はそれが面白くなかった。私の使い魔ならば私だけの味方でいて欲しいのに、彼らに警戒心がまるでない。あの大海蛇が現れた夜のことを問い詰めてもぷい、と無視をする始末だ。

そして今の私の頭には、代わりにサーミャが乗っかっている。

『ヤキモチかい？』

「そんなんじゃない」

くすくすとサーミャは笑う。サーミャは私の反応が新鮮で面白いと事あるごとにちょっかいを出してくる。

「そういえばサーミャは何の魔物？」

見た目は淡いベージュのカワウソだけれど手触りはオーリトーリのお腹《なか》周りに匹敵する柔らかさだ。

『私は高貴な湖の魔物さ。そこらへんの小物と一緒にするんじゃないよ』

「じゃあ、ザリウスは？」

『あれは黒の魔物。今はカラスの姿だが、黒い生き物なら何にでも化けられるのさ』

「じゃあ、ザリウスの方が凄《すご》いの？　痛っ！」

サーミャは私の耳に小さい牙を突き立てた。

『馬鹿言うな。私の方が偉いし強い』

今のところ寒さを凌《しの》げる口うるさい襟巻きだ。

『今夜のうちにギルドに冒険者の登録をしておくんだろう』

「そうだった！」

旅の記章があっても登録が免除されるわけではない。無法者ではない証《あかし》としてギルドの登録が必要だ。


カナンを連れて宿の受付に来たものの、私は窓口でうろたえていた。

「あの、あちらの方は？」

「わ、私の護衛です」

「パーティの方ですね。ではこちらに種族鑑定の登録をお願いいたします。こちらの鏡の前に立って下さい」

しまった。種族鑑定がまだ北大陸にはあるのか。

人に化ける魔物が入り込むことを防ぐために、古い町にはまだ鑑定士がいる。

北大陸を横断するための最初の関所であるクラージュは検問が色々と厳しいらしい。

鏡に映った者の正体を暴くという真実の鏡。この鏡に映ったらカナンの正体が魔族だとバレてしまう。

しかしカナンは何のためらいもなく鏡の前に立った。

「はい、こちらで登録完了です。お疲れ様でした」

「あれ？」

すんなり通ってしまったので、拍子抜けだ。覗《のぞ》き込んだ登録書に書かれた種族名は〈エルフ〉と記されている。

「っぷ、はは！」

「何がおかしい？」

「いや、何も」

美丈夫で無表情なところは確かにエルフらしい。真実の鏡も魔力のない魔族を鑑定することが出来なかったのだろう。しかし、これでまずは一安心だ。

「安心したらお腹空いた」

『エールが飲みたい、エールだ、エール！』

『エール、エール！』

酒を所望するサーミャとザリウスは交互に私の頭の上で飛び跳ねる。

「分かった、分かったから！」

路銀が少ないけれど、これから先でしばらくまともな食事を摂《と》れる機会も少ない。

今夜は宿ではなくてギルドで食事を済ませることにした。人混みは凄いし、冒険者や詩人、商売人たちがそれはもう騒いでいた。カナンは少々嫌そうだったが、私はどうしてもここの名物のシチューが食べたくて無理を通した。

北大陸の港町の料理といえば、熟成肉の料理と高原野菜のシチューだ。

迷わず注文した私はその美味《おい》しさを噛《か》みしめていた。

「やっぱり、北大陸のシチューはミルクが濃くていい！」

無限にガーリックトーストと一緒に食べられる。鍋いっぱいに食べたい。

「カナン、食べないの？」

私と同じくシチューを注文したのだが、一口食べてスプーンを置いてしまっている。苦手な物でも入っていたのだろうか、顔色が悪い。

別のメニューでもとメニュー板を隣の席から取ろうとした時だった。

「あんた、魔法使いか？」

毛皮と革紐《かわひも》で全身を覆い、筋骨隆々の男が三人、私たちを囲むようにして近づいて来た。

食事中に話しかけてくるなんて、マナー違反とは言わないが迷惑だ。せっかくのシチューが冷めてしまう。

「そうですけど」

「そっちの兄さんは見たところ剣士か」

「……」

カナンはふい、とそっぽを向いた。

「おい、無視すんな！」

「あの。わ、私たちはこの町に来たばかりでして」

へえ、と明らかに荒くれ者の男たちは無遠慮に私の横に座って来た。酒臭い。どうやら相当飲んでいるらしい。

「じゃあ、まだこれから仲間を探すんだな？」

「俺たちのパーティは魔法使いがいなくてな。ほら、魔法使いは北大陸には少ないからよ」

「は、はあ」

私の杖《つえ》ばかりをチラチラと見ている。布で隠していても魔法使いの杖だと分かってしまうのは仕方ない。

男は短剣をチラつかせながらずい、と顔を近づけて来た。

「新人なら何かと物入りだろうし、知らねえこともあるだろ？」

ああ、嫌だ。

気持ちよく旅を始めるところだったのに、こんな連中に絡まれるなんて。

「俺たちが一から手取り足取り教えてやってもいいんだぜ。そんな不愛想な男より、こっちに来いよ」

「――っ」

私の肩を摑《つか》んだ瞬間。

カナンが立ち上がり、男の目の前に刃を向けた。大剣ではなくそれは男が先ほどまでちらつかせていた短剣だった。瞬時に奪って逆に脅し返したのだ。

「な、何しやがる！」

仲間の冒険者たちが揃《そろ》って武器を出し始め、一気に空気が張り詰めた。

――これはまずい！

ひっくり返ったオーリトーリは危機を察知してしゅるんと、姿を消した。この薄情者め。

「ちょ、ちょっとカナン！」

お構いなしにカナンは男の顔を正面から殴った。かなりの衝撃だったのか、男はそのまばたりと気絶した。

「このヤロウ！」

次から次へと飛びかかる男たちをカナンは華麗に躱《かわ》し、転ばせた。これでも手加減しているのだろう。

これ以上大きな騒ぎになる前に、逃げなくては！　血の気が引いた私はカナンの手を掴んで死に物狂いで走った。

「す、すみませんでした！」

あのまま喧嘩《けんか》していたら店を半壊させていたかもしれない。何せカナンは大海蛇の首を両断した膂力《りょりょく》の持ち主だ。ともすれば死人も出かねない。

右に左にとあまりにも無茶苦茶に走ったので、胃がひっくり返りそうだ。

「ここまで来れば大丈夫でしょ」

『やれやれ、せっかくのエールが台無しだ』

「ちょっと！　そのまま持ってきたの？」

『お代の分まで飲むのが礼儀だ』

ジョッキごと持ってきたザリウスとサーミャはちょっと零《こぼ》れてしまったと心底悲しそうだ。これだから魔物は自由気ままで困る。

オーリトーリもいつの間にかちゃっかりカナンの頭に乗っている。

「――平気か？」

「ちょっと気持ち悪い」

昼間と立場は逆転して、今度は私が介抱される形になった。

「何か買うか？」

「え？」

座り込んだ場所からは夜店の通りがよく見えた。昼の市場よりも人が多いから見つかりにくいのは好都合だ。

ふんわりと肉の焼けるいい匂いとバターケーキの甘い匂いが漂ってきて、私の胃を刺激した。日が暮れて店はランプが灯《とも》されまた昼間とは違った装いを見せていた。

「カナン、人混みは大丈夫？」

「今は問題ない」

「それからもう、ああいうのは無しだから」

「ああいうの？」

　カナンはピンときてないようだ。

『まったく、坊ちゃんは甘い。軽く小突いた程度で終わらせるなんて。あの男の口は臭い。殺した方が世のためだ』

　サーミャはあまりの言いようだけれど、口が臭かったのは事実なので私は思わず噴き出してしまった。

　夜店の通りを歩いている間、私はカナンを観察していた。表情は読みづらいカナンだが、機嫌が悪い時は顔を逸《そ》らす。きっと怒っているのだ。港町クラージュに来てからカナンには悪いことばかり起きているから当然かもしれない。

　しかしこれからもこんな調子では旅がし辛《づら》い。万が一、魔族だとバレた時に私まで巻き込まれてしまう。

「これ着けて」

「何だ？」

　私は夜店で同じ花の意匠のアクセサリーを二つ購入した。中心には同じ鉱石があしらわれ、本来は女性がセットで身に着けるものだ。カナンの目の色に似ているからきっと気に入るだろう。

私はイヤリング、カナンは男性にしては少々髪が長いので隠れてしまうから、彼には首飾りに出来るペンダントを渡した。

「冒険者のパーティがお揃いの物を身に着けているのを真似《まね》しただけ。それに私の従僕の魔族にしておけば万が一バレても大丈夫でしょう」

というのは嘘《うそ》で、私は予《あらかじ》めこのペンダントに束縛の魔法をかけておいた。

身に着けている限り裏切ることのできない魔法で、本来は主従関係に用いる魔法だ。

飼い犬の首輪みたいに縛っておけば、もし私に敵意を向けたなら首に致命傷を与えられる。私も耳を失うけれど、それくらいのリスクは負わなければ。

「そうか。気を遣わせたな」

鈍感なのか、警戒心がないのか、カナンはそのまま受け取った。

「それは？」

「これは、昔の知人から貰《もら》ったものだ」

元々別の首飾りを着けていたらしく、革紐を調節して首にかけ直した。

くるりと包まれた小さな羊皮紙が入ったガラスの小瓶。アクセサリーというよりは無くさないために身に着けているようだ。そういえば船上でもその小瓶を眺めていた。魔族にも思い入れというものがあるのだろう。

あの荒くれ者と鉢合わせするのを避けるため、私たちは早朝にこの町を後にした。

港町から離れて半日。北の山へと向かう街道を歩いているのに、まだ海が見える程に近い。私はすっかりへとへとで何度も足が止まった。

『体力がないな』

『これだから人の子は』

「人に乗っておいて、偉そうに！」

絶対に肩と頭に乗って楽をしているザリウスとサーミャのせいだ。

こんなことなら馬車を使えば良かったと後悔した。

「……」

重量のある大剣を背負っているのにカナンは平然としていて、幾度か私を置いてけぼりにした。杖以外の荷物を全て持ってもらっているのに、全く疲れを見せないのは彼が魔族だからなのか、旅慣れているからなのか、その両方か。

「体力ある方だと思ったのに」

一日かけて歩いたが、村は一向に見えない。今日は森の中で野宿だ。

「簡易テントを買っておいて良かった」

寒さを完璧に凌《しの》げるわけではないし全身が入るわけでもないけれど、夜風を避ける分にはいいだろう。

私はクラージュを出て初日ですっかり疲れてしまって、料理を作ると約束をしておきながら、昼も夜も出来合いの干し肉で済ましてしまったのに、カナンは文句を言わなかった。あっという間に夜が更けて私はすぐに横になった。町の中よりも外の方が眠れるなんて、やっぱり森の中は小さい時に暮らしていた場所と似ているからだろう。

――早く、故郷の森をもう一回見たいな。

今はきっと冬支度を始める頃だ。カエデは色づき始めて落ちた葉が庭を鮮やかに染めている頃だろう。私がシロップを集めて、おばあちゃんが作ってくれたパンケーキにかけて食べていたのを思い出してしまう。もう、おばあちゃんはいないけれど、でも私の家にはもう一度帰りたい。

私の好きな冬の香りがもうすぐそこまで来ている。

懐かしい味を思い出しながら闇夜にまどろんでいると、突然イヤリングに痛みが走った。

「――っ」

大海蛇の時とは違い、魔力探知には特に異変はない。オーリトーリはすやすやと寝ているけれど、焚火《たきび》の前に座っていたはずのカナンの姿はない。

「カナン？」

『寝ていなさい』

「サーミャ」

サーミャは焚火を見ながらじっとしている。その佇《たたず》まいはカワウソでも魔物でもなく、麗人のようだった。

『ここにいるんだ。行ってはいけない』

カナンだけではなく、ザリウスの姿もない。

「今、すごく嫌な気配がして。サーミャ、何か知っているの？」

『……』

いつもはうるさいくらい話すのに、彼女は黙っている。

「二人はどこに――」

叫び声が聞こえた気がして、私はサーミャの制止を振り切ってその声の方へと走った。

森の奥。何の灯《あか》りもない場所でカナンは立ち尽くしていた。その手にはいつもの大剣が握られている。

「何を、してるの？」

「――っ」

カナンは私の声に驚いて振り返った。その眼光は闇夜に光る魔物の目だ。

風が森を騒がせ私の胸をざわつかせた。

「カ、カナン？」

私がここに来ることは想定外だったに違いない。

『まさか。お前、坊ちゃんを魔法で縛ったな！』

カナンの肩にいたザリウスは私目がけて飛んできてイヤリングを爪で叩《たた》き落《お》とした。

『これだから人間は！』

ザリウスからの雑言よりも目の前の光景が私を混乱させた。

「そ、それって」

人間の死体。十数体はあるだろう。

「一体、何があったの？」

「……」

聞かなくても明白だ。血まみれになった大剣と、頬に飛び散った返り血。

「どうしてこんなことを？」

『坊ちゃんを責める前に。フェリシア、こいつの顔に見覚えはないか？』

私は恐る恐る死体となった男たちの顔に光を照らした。

「そんな……」

ギルドで私たちに絡んできた荒くれ者たちだ。どうしてこんな町はずれに？

『こいつらは初めからお前を狙っていたのさ』

ザリウスは死体を見下ろしながら吐き捨てた。

「どういうこと？」

意味が分からず困惑する私に、遅れて駆け付けたサーミャは冷たく言い放った。

『本当にめでたい子だね。魔法の杖《つえ》は高値で売れるし、その魔法使いも聖騎士団にでも売り飛ばせばいい。特に北大陸での魔法使いは数が少ない』

「人攫《ひとさら》い、だったの？」

『こいつらは新参者を捕らえては売っていたらしいね』

魔法使いが奴隷として売られた時代があった。それがまさに災厄の時代。

それがまだ続いていたなんて。

「でも。だからって、殺さなくても――」

大海蛇を倒す程の力を持っているなら追い返すことも出来ただろう。

「殺さない方法はなかったの？」

「忠告はした。それにこいつらは知人でも友人でもない」

「だけど、殺す以外の方法だってあったでしょ？」

その目はとても冷たくて、まるで捕食者のそれだった。

「分からないな、お前が何を問題にしているのか」

「――分からないって」

私はそれ以上何も言えなくて立ち尽くした。

「今の俺に近づくな」

夜が明けてから半日、私たちは一言も言葉を交わさずに歩き続けた。

オーリトーリは私とカナンの異変に気が付いて縮こまって、小さく鳴いていた。

私だってこんな空気の中で旅を続けるのは嫌だ。もしかしたら次の分岐点で私たちは別れることになるかもしれないとぼんやり考えて、足取りが重くなった。

山道を進んだ先に、水車小屋のある小さな村が見えてきた。

裕福とはいえないその村は、何故《なぜ》か私たちを歓迎した。

「すっごい大きな剣」

「わあ、きれいな髪」

男の子はカナンを取り囲み、女の子たちは私の周りに集まった。

子どもが元気なのはいいことだ。

「ようこそ、旅人さん」

白髭《しらひげ》の年老いた村長は快く私たちを迎え入れ、部屋を二つ用意してくれた。

「港町のクラージュが出来る前はこの村が旅人が泊まる場所だったのですよ。今はあの港町と諸国を繋《つな》ぐ大きな街道が出来たので、あまり人が立ち寄らないのです」

それで行商人が通らなくなって廃れてしまったのだろうか。

「どちらに向かうのです？」

「〈守り人の森〉へ向かう予定なんです」

「また随分と遠い。どうしてそんなところへ？」

「私の、故郷があって」

「それは、まあ――」

言葉にはしなかったけれど、その表情はお気の毒にと言わんばかりだ。

「その前に大きな町へ行きたいんですけれど、この丘の道は生きていますか？」

私が持っていた地図はとても古くて村長は少し困っていた。

「こちらの道は魔物に潰されてもう使えない。渓谷の方がまだ安全だ。そっちを通った方がいいでしょう」

「あ、あの。部屋にある調理場は使ってもいいでしょうか？」

「ええ。もちろん。手狭で申し訳ない」

「いえ、こちらこそ。泊めて貰ってありがとうございます」

部屋に荷物を置いてから、カナンに謝ろうと思って調理場で作った木の実たっぷりのクッキーを見てため息を吐いた。

「ダメだよ、オーリトーリ。これはカナンにあげるんだから」

——早くこの亀裂を何とかしないと。

でもこのクッキーで何とかなるか不安だ。カナンの部屋をノックすると中から聞こえたのは使い魔の二人の声だった。ベッドの上でのんびり昼寝をしていたらしい。

「あの、カナンは？」

『坊ちゃんなら外だ』

『何だ、気にしているのか。どうせ坊ちゃんに避けられているんだろう』

「——うん」

道中も何度か謝る機会を失ってしまい、もう心が折れそうだった。

サーミャとザリウスは顔を見合わせて深いため息を吐いた。

『なんとまあ』

『はああ。まったく世話が焼ける』

ザリウスは翼でベッドに座るように促した。

「カナン、凄《すご》く怒ってるよね」

『見られたくなかったのだよ、あの方は』

「何を？」

『人を殺しているところだ。これ以上、怖がらせたくなかったのだろう』

確かにあの時カナンは酷《ひど》く動揺していた。大海蛇にも臆さずに戦った魔族なのに。

「私を怖がらせたくないって、どうして？」

『まったく、坊ちゃんは昔から不器用で言葉が足りないし、お前は鈍感だ』

「カナンとは長い付き合いなんだね」

『何せ、俺たちは坊ちゃんが魔界の印を受けた時からの付き合いだからな』

「ごめん、スケールが大きすぎてよく分からない」

人でいう物心ついた時期ということだろうか。

「私が束縛の魔法を使っていたこと、サーミャは分かっていたんだね」

『坊ちゃんは承知の上で受け取ったんだ。それを私たちが後から責めるのは違うだろうさ』

サーミャの言葉にザリウスはうっと言葉を詰まらせた。

『と、とにかくお前がしょぼくれていると坊ちゃんが気にするのだ』

サーミャはとてとてと私の膝の上に乗った。

『私たちが怖いかい？』

私は首を横に振った。今となってはザリウスとサーミャはちょっと変わったカラスとカワウソだ。

『では、あの方が怖い魔族に見えるか？』

「――ううん。ありがとう、二人とも」

『今晩の飯を楽しみにしておこう』

『何の代償もなしに情報が得られると思うな』

「う、分かってるよ」

私は包んだクッキーを持って外へと出た。


カナンを見つけたはいいものの、私は話しかけられず物陰からじっと見ていた。

――何だか忙しそう。

荷物を運んだり、薪を割ったり。

何より驚いたのは子どもたちと一緒になって遊んでいたことだ。魔族はひ弱な人間の子どもを好んで食べるという。しかしカナンは子どもたちとボール遊びをしたり、かくれんぼをしたりと、むしろ遊ばれているようだった。本人は嫌じゃないのだろうか。

「あ、魔法使いのお姉ちゃんだ。一緒に遊びたいの？」

「いーれーてって言うんだよ」

「あ、ちょっと！」

どうやら私はかくれんぼに参加したがっていると思われたらしく、子どもたちになす術なく引っ張られた。気が付いたカナンは少し驚いて目を丸くしている。

「あ、あの。カナン、ちょっといい？」

「……」

カナンの代わりにオーリトーリが子どもたちの相手をしてくれている。子どもたちの頭の上で姿を消したり現したりして、当てっこゲームに興じているらしい。カナンが魔族であることが万が一にもバレないように人の目が届かない小屋の裏に来てもらったのだが気まずい。

「あ、あの」

カナンはやっぱり怒っているんだろうか。サーミャについて来て貰《もら》えば良かったと後悔した。

「約束をして欲しいんだけれど」

「……」

切り出し方を間違えた。私は目を合わせられなくて冷や汗が凄い。カナンは無言のまま、今どんな風に私を見下ろしているのだろう。

「何でも守ってくれなくていいから。こ、これからはちゃんと二人で決めよう」

ちゃんと前もってカナンの行動原理が分かっていれば、どんな結果になっても私は納得できるだろう。短いと分かっていても、私はこの旅をいいものにしたい。

カナンは答えにくそうに口を開いた。

「条件がある。敵意があると分かった相手は躊躇《ためら》わずに殺す。それでいいな？」

誰も殺さないというのは自分の実力を見誤った驕《おご》りだ。迷わず闘える力がカナンにはあるのだから、そこは信じるしかない。

「わ、分かった」

「それから約束、とは何だ？　契約とは違うのか？」

「え？　えっと。契約よりも軽くはないけどお互いの気持ちを大事にしよう、みたいな」

「気持ち？」

魔法使いにとっても約束の定義は曖昧なので回答に困ってしまう。魔族に情を求めることは間違っていると言うし、何だか伝わっていない気がする。

「俺は人間の心はよく分からない。だが――」

カナンは片膝をついて私の手を取った。

「お前が嫌なら、従おう」

まるで貴族の女性に誓う騎士のような所作に、私は顔から火が出そうになった。

――何て恥ずかしいことを！

「そ、そうやって、人を誑《たぶら》かしているんでしょ！」

「そんなつもりはないが」

まさかこの魔族は自分の顔立ちの良さを理解していないのか。

隠れて見ていた子どもたちがひゅうひゅう、と冷やかしてくる。

私は咳払《せきばら》いをして、ポケットに隠していたクッキーをようやく渡した。

「え、偉そうなこと言って、ごめん。私が自分の身を守れないせいでもあるから。それから。助けてくれて、ありがとう」

「……」

「お礼のつもりなんだけど」

「――そうか」

カナンは不思議そうに包みを開いた。

「それからペンダントにかけた束縛の魔法のことも、騙《だま》していてごめん。嫌なら返してくれても――」

「俺は別に構わない」

「はい？」

「フェリシアになら、騙されても構わないが」

予想していない返答に私は戸惑い、その私の様子にカナンは首を傾《かし》げてクッキーを一つ食べた。

騙されても対処できるという自負だろうか。それともまた別の意味が？

私は開いた口が塞がらず思考が停止してしまった。私の嫌がることはしないと騎士のように誓うこの言葉に嘘《うそ》はない。

結局カナンはペンダントを返すことはなく、そのまま子どもたちの輪に戻っていった。

私は呆《ほう》けながら夕食の準備のために調理場に薪をくべていたが、火をなかなかつけられなくてため息を吐いた。

『今度は何だい、その顔は？　火をつけたいなら魔法を使えばいいだろうに』

「あ、そっか」

しかも外がすっかり暗くなっていた。私はどれだけ調理場でぼうっとしていたのだろう。

『それより坊ちゃんがたくさん食材を持ってきたぞ』

「これで何か作れるか？」

小麦粉に卵、ポテトとチーズと鶏肉《とりにく》、それからたくさんの木の実と野菜。五日分くらいはあるだろう。村長についてきた孫娘たちからはラベンダーの束まで。手に抱えきれない程の食料だ。

「お恥ずかしい話、この村は随分前から盗賊に狙われて。大したもてなしが出来ないのですが」

「流石《さすが》にこんなには」

「ここから次の町まではかなりありますから。この村でしっかり力をつけてください」

村長たちはごゆっくりと小屋から出て行った。貧しい村なのに、どうしてこんなに良くしてくれるのだろう。

きっとこの村は災厄の時代の後も物を大切に節約していたに違いないのに。

私はこの食材の量に心躍り、髪を結って調理に取り掛かった。

「せっかくだから今日はちょっと凝ってみようかな」

豆とセロリのスープ。パリパリに焼いたローストチキン。あとは付け合わせにマッシュポテト。たまにはデザートも用意をしよう。

彩りも栄養バランスも考え、魔法を存分に使った久々に満足のいく出来栄えだ。

食卓についたカナンは少し驚いていた。食べきれるといいんだけれど。

カナンはスープから口をつけた。

「どう？　おいしい？」

「ああ」

いつもの淡々とした返事だけれど、その表情はどこか穏やかだ。

「これは？」

「それはね、ローストチキン。骨を掴《つか》んでこうやってかぶりつく！」

しっかり味付けをしたパリパリの皮とジューシーなもも肉は満足感がある。

カナンは私の真似《まね》をして食べた。その時カナンの口元が見えたが人と違って犬歯がかなり尖《とが》っていた。

ギルドの時の料理と違って苦手なものがなくて何よりだ。

オーリトーリは蒸したポテトを丸々一つ食べて、今は木の実を頬張っている。

「食べ過ぎちゃダメだよ。お腹《なか》いっぱいになるとあなた消化不良を起こすでしょう？」

お腹いっぱいになったオーリトーリはコロコロと転がってカナンの膝の上に落ちた。

一方でサーミャとザリウスはデザートを訝《いぶか》しげに見ている。

『なんだ、この崩れそうなものは』

「カスタードプディングだよ。卵とミルクが手に入ったから。材料を入れた器に熱を加えながら水蒸気で閉じ込める魔法を使って出来るんだ」

おばあちゃんオリジナルのレシピでこの魔法でくちどけが滑らかになるし、しっかりと火が通る。

『同時並行で魔法を組み立てたのか。人間にしてはやるな』

「ま、まあ。私の得意分野と言ったらそれくらいだし？」

複数の異なる魔法を同時並行して使うのはちょっとしたコツがいる。祖母が遺《のこ》してくれたレシピは同時並行どころか組み合わせがないと作れない料理ばかりだ。火を使いながら冷却したり、毒を抜きながら材料を混ぜたり。私が使った時には魔法学校でも驚かれたものだ。

プディングのソースはラズベリー。

サーミャはスプーンを器用に使って、ザリウスの口に運んだ。

『口の中で蕩《とろ》ける！』

「それは甘いってことだよ」

一口、二口とサーミャとザリウスはプディングにかぶりついた。

『もうないのか？』

「早っ」

ちょっと魔物には量が少なかったみたいだ。

「こういうゆっくりできる場所じゃないと難しいかな。魔法で冷却は出来るけれど、崩れやすいから」

「そうか。なら町へ寄ったら、また頼もう」

カナンも気に入ってくれたようだ。

食後にはラベンダーを使ったハーブティーを淹《い》れてお腹を落ち着けた。

こうしてゆっくり食事が出来ると安心する。

『フェリシア、お前は故郷から中央大陸に向かったのなら北大陸の旅は二度目なのかい？』

「そうだよ。でもあの時は街道とかないから、推薦書を使って魔法使いに迎えに来てもらったし、もう数年前だから色々と変わってるみたい」

　こんな風に温かく迎え入れてくれる村なんてなかった。災厄の時代は、余所者《よそもの》は食料を奪う敵でしかない。

「でも今は〈名もなき英雄〉のお蔭《かげ》で、故郷を離れずに村で過ごせている。これは凄《すご》いことなんだよ」

「その英雄にどうしてそこまで関心があるんだ？　名前も分からないその英雄とやらに」

　カナンの疑問はもっともだ。どうせ架空の存在なのだと皆は言う。だけど私は大真面目に答えた。

「感謝してるんだ。こんなにおいしい物が食べられる旅が出来るようになったのも、〈名もなき英雄〉のおかげなんだから。いつかお礼が言いたいし、私の料理も食べて貰いたい」

「――そうか」

　カナンはどこか気まずそうに席を立ち、さっさと自室に戻ってしまった。

　興味のない話に付き合うのが余程嫌なのだろう。私としてはもっと〈名もなき英雄〉について語りあかしたいのだけれど。

私たちは村に二日滞在して、村の雑務を少し手伝った。

調子の悪い水車の修理、屋根の修理。魔法が役立つことを少しして、翌朝旅立った。

パイが美味《おい》しく焼ける魔法で作った大きなパイを五つ。それから瓶に詰めたラベンダーのシロップで作ったドロップ。

「わあ！」

「とても綺麗《きれい》！　いい香り」

「お世話になった村には、必ず魔法使いらしい何かを作ってあげることにしてるんだ。このドロップはきっと高く売れると思うので、良かったらレシピを使ってください」

「まあ、いいんですか？」

「元々、ラベンダーが育つ場所でないと使えないレシピなので」

「すっごい！　お兄ちゃんの言ったとおりだ」

子どもたちはパイに大はしゃぎだ。一体何を吹き込まれたのだろう。

「料理が得意なすっごい魔法使いなんだって！」

お礼だと女の子たちは私に花の髪飾りを作ってくれた。

「ちがうよ、こうやって髪の毛に着けるのよ」

「こ、こう？」

「そうそう」

髪を編み込んで耳元に差し込んだ。私の赤い髪に映えるような白い花。

私はこの花を知っていた。たっぷりとした花びらとほのかに漂う甘い香り。

「ありがとう、旅人さん」

少女の母親が私の手を握った。

「本当に、ありがとう。これで、安心して暮らせるわ」

幾度も告げられる感謝の言葉とその裏に隠された意味に、私はようやく気が付いた。盗賊に狙われていたと村長は言っていた。あの人攫《ひとさら》いたちはこの村からも盗みを働いていたのだ。

晴れた空の下、私たちは北を目指して旅立った。

私は鼻歌混じりに旅路を歩いた。

『随分と嬉《うれ》しそうだな』

「だって幸先《さいさき》いいし、この花は特別なんだ」

白椿《しろつばき》は私の祖母の名前なのだ。


それからカナンは道中、食材を見つけては私に持ってくるようになった。

「これで何か作れるか？」

たくさんの木苺《きいちご》を摘み取って来たり、魚を釣って来たり、珍しいキノコも見つけたりする。魔族には獣以上の嗅覚があるのかもしれない。

採取に勤《いそ》しむ魔族が何だか面白くて、私は思わず腕を振るってしまうのだ。

「あなたの口に合えばいいけれど」

チーズを削った時もそうだったけれど、カナンの手先は器用だ。だから野菜の皮むきを任せている。

「大丈夫。魔族の苦手な果実とか、シチューじゃないから」

「シチュー？」

何だか話がかみ合わない。

「だってシチュー苦手なんでしょう？　ギルドでは食べなかったし」

「それは、味が分からなかったからだ」

「――え？」

遅れて聞き返した私は手に持っていたスプーンを落としてしまった。

「魔族って味覚がないの？」

「いや、恐らく俺だけだ」

今まで食べていた料理も何も感じていなかったことになる。

生来のものだったのか、それとも徐々に失われていったのか。

「じゃあどうして私に料理を作って欲しいなんて言ったの？」

「お前の料理だけは違ったからだ」

カナンは自分の口元を触った。

「だが、ギルドで食べた物は味がしなかった。だからきっと、お前の料理だけに俺は味を感じるのだと思う」

「私の料理だけ？」

「ああ」

「そ、それを早く言ってよ！　分かってたらもっと色々考えて作ってあげたのに！」

立ち上がって抗議する私に、カナンは目を丸くした。

きっと、ギルドで食べたシチューに何も感じないと分かった時は酷《ひど》くショックだっただろう。もしかしたら魔力がないことと味覚がないことには何か繋《つな》がりがあるのかもしれない。

「だったらお医者さんとか、治療の魔法使いとかに診てもらったらきっと――」

「医者に？」

「――あ、そっか」

魔族を医者に診せるなんてシュールなこと、出来るはずもない。私は力なくまた座り直した。きっと私の料理を食べて治す術があると思ったから、契約なんてしたのだろう。

「もしかして昔は味覚があったの？　どうして味が分からなくなったの？」

「その確認は必要なことなのか？」

「私の魔法使いとしてのプライドが許さないの！」

「お前の故郷は遠い。その道すがら話すことにする」

カナンが話をはぐらかすので、鮭《さけ》のフライを揚げていたのに、おかげでちょっと焦げてしまった。

「フェリシア」

食事が終わった後、ぷすぷすと寝息を立てて眠るオーリトーリを膝に乗せて杖《つえ》の手入れをしていた。いつもならカナンも大剣の手入れをするのだが、神妙な面持ちで私に話しかけた。

「頼みがあるんだが」

「え、うん」

何だか声色が少し震えている。

「俺はまだシチューとやらの味を知らない。今度、作ってくれるか？」

「べ、別にいいけど」

そうか、とカナンは安心したように呟《つぶや》いた。

大海蛇の頭を落としても平然としてたり、料理のリクエストであんなに真剣になったり、本当によく分からない。

私の心中を察したのかサーミャとザリウスは『青いねえ』と笑うので、私は慌ててテントの中に潜り込んだ。

「もう遅いから、おやすみ！」

魔族の秘密を暴いて、弱点を知ろうとしていたのにどうしていつの間にか絆《ほだ》されているんだろう。この魔族との旅が楽しいものでありたいと願ってしまうんだろう。

「明日は何を作ろうかな」

第二話 アプリコットの願い

長閑《のどか》で雄大に広がる牧草地。

私たちの前に、空に浮かんでいる白雲と同じくらいふわふわの白い毛玉が広がっている。

北大陸の特産の羊、イトゥク。

背中に蝶《ちょう》のような羽が生えているが、自由に飛べるのはせいぜい上空一メートル程度。人間によって飼い慣らされて体が重くなってしまい、羽は退化し、柵を越えられるイトゥクは稀《まれ》だ。

羊毛は布に、そしてこの羊肉が大変ジューシーだ。香草焼きだけでなく、腸詰め、干し肉にも出来る。

北の人々は羊と共に生きると言われ、羊飼いは名誉な仕事だ。

昨夜の嵐で柵が壊れてしまい、風に煽《あお》られ逃げ出したイトゥクを見つけた私たちは、成り行きで逃げた数十匹の羊たちを捕まえることになった。羊飼いの老人夫婦では手に余る事態だ。

「いやあ、助かります」

「災厄の時代と共にイトゥクは絶滅したとされていたのですがね、この数年で豊かな牧草のおかげで前よりもたくさん増えたんですよ。まさに〈名もなき英雄〉のおかげですね」

「イトゥクには豊富な牧草が必要ですからね」

ああ、イトゥクの体はもふもふで素晴らしい。

「フェリシア、羊の背中に飛びつくな。羽がもげる」

ふわふわの感触を堪能《たんのう》していた私はむっとした。

「随分と詳しいんだね。前に飼ってたことでもあるの？」

「いや。同じことをして叱られたことがある」

魔族といえど、このふわふわには抗《あらが》えなかったのだろう。カナンが叱られるところなんて想像がつかないけれど。

羽は退化したが足腰が丈夫になったイトゥクは意外とすばしっこい。しかしサーミャとザリウスは捕まえたイトゥクの背中でのほほんとしている。

『捕獲の魔法はないのか、このポンコツ魔法使い』

「あるけど、魔物専用だからイトゥクが怪我《けが》しちゃうかも」

『……』

『前から思っていたが、お前よくそれで魔法学校を卒業できたな』

これだから人間は、とサーミャとザリウスは白い目で私を見てくる。

「わ、私は浄化とか回復の魔法が得意なの！」

『それによく一人で冒険に出ようと思ったな。どうせ苦手な魔法を身につけなかったのだろう』

「うぐ……」

魔法学校時代にメリルに注意されたことをここでも言われるとは――。

今回の件の一番の功労者はオーリトーリだった。イトゥクたちをあっという間に先導して戻って来たのだ。

「オーリトーリは導きのハリネズミだから。これくらい朝飯前よ」

『お前が自慢するか？』

「私の使い魔なの！　私の魔力のおかげでもあるの！」

サーミャとザリウスは結局何もせず、主人のカナンの方が余程働いている。

「これで全部か？」

「ありがとうございます。本当に助かりました」

「お料理が好きなのでしょう？　良かったらどうぞ？」

「え、どうしてそれを？」

「あちらのお連れの方がそう言っていたの」

カナンが私のことを話したのか。他人のことを話すようには思えないけれど、これは嬉しい誤算だ。

ひき肉に上等なミルクバター。それからアボカド。雪かぼちゃの花まで。籠いっぱいに入った食材たちは私の心を躍らせた。

「ありがとうございます！」

「いい旅を。魔法使いさん」


翌朝。私は夜が明けぬうちに支度をした。

熾火《おきび》になっていた火を強くして、食材の下ごしらえ。これはお昼までのお楽しみだ。

道中、荷馬車に揺られながら朝に作っておいた昼食をカナンに差し出した。

「これは？」

火があるうちに食事を作り、無駄なく用意しておくのは旅の鉄則だ。

「おばあちゃんによく作って貰《もら》った料理だよ」

ひき肉にパン粉とハチミツ、塩胡椒《こしょう》を練り込んで、しっかりと鉄板で焼く。

焼いた肉とアボカドと乾燥チーズを挟んで、雪かぼちゃの花で包んだお手軽ハンバーガー。

「アボカドをこの世に生み出した神様は天才ね」

我ながら上手に出来た。雪かぼちゃの花が肉汁を吸ってくれるから手が汚れることがないし、シャキシャキとした歯ごたえがある。

『これは何のひき肉だ』

「イトゥクだけど」

「……」

『フェリシア。魔物の私が言うのもおかしなことだが、お前にはデリカシーというものがないのかい？』

「そういうサーミャの尻尾も揺れてるでしょ。可愛《かわい》いとおいしいは別物なの」

ザリウスはぺろりとハンバーガーを食べてご満悦の様子だ。

オーリトーリには、チーズとパン粉をアボカドの実に混ぜてアボカドの皮に詰め直して焼いたグラタンを用意した。これはおばあちゃんがオーリトーリによく作っていたのを思い出したのでついでに作った。

「これは、美味《うま》いな」

カナンの顔が少し綻んでいる気がする。

「また作ってあげようか？」

「出来るのか？」

「この季節で最後のアボカドだったから。また来年になれば」

「来年、か――」

私が〈名もなき英雄〉に会うか、カナンが魔力を取り戻すか、どちらが先になるか分からない以上、次の季節も一緒にいるとは限らないのだ。

荷馬車に揺られながら丘に点在する家々を遠目に眺めていると分かることもある。

どの家にも魔除《まよ》けの木が植えてある。もしかするとこの土地にはかつて魔物がいたのかもしれない。

「魔族は、他の魔族の居場所を把握しているの？」

「ある程度、衝突を避けるためには探知できる。だが、正確な場所までは分からない」

「まさか、カナンみたいに人に紛れているの？」

「……」

「ここら辺に魔族はいないんだよね？」

「いない」

「その根拠は？」

「――匂いがしない」

「匂い？」

魔力の匂い。それは盲点だった。

人間には感じられない魔力の残滓《ざんし》が魔族には分かるのかもしれない。

私は嫌がるサーミャとザリウスの腹に顔を埋めて確かめた。

「何をしている？」

「確認してるの」

いい匂いがしたけれど、きっとこれはさっき食べた昼食の匂いだ。私はカナンに目を向けるとカナンは後ずさりをして私から距離を取った。しかし荷馬車の中なので逃げ場所はない。

何の匂いか当てられるのが嫌なのだろう。

匂いだけで料理に使われている調味料と香草を当てられる私は、常人よりも鼻が利く。隅にまで追いやるとカナンは抵抗せずに首筋を晒《さら》した。

「──」

柑橘《かんきつ》系のような爽やかでほんの少し甘く苦い香り。

カナンは香水をつけるようなタイプではないから、これはきっと本人の体臭だ。

「まさか魔族の体からは植物の香りがするの？」

花の香りで誘い出し人を食らう魔物はいる。魔族は魔物の中でも知能が高い種族だ。もしかすると魔族の派生や出生も関係しているのかもしれない。

「ティーツリーとレモングラスみたいな香り」

てっきり無臭かと思ったのに、これは大発見だ。

「あまり、近づかないで欲しいんだが――」

成程。空腹に負けて私を食べてしまうかもしれない。

「私を食べたら力が取り戻せないでしょう」

「そういう意味ではないんだが」

＊

荷馬車を降りてから数日歩き、湖のほとりにある大きな町に着いた。

山麓に位置する湖畔の町ラフィスノルトだ。

北大陸の中でも大きな町の一つで、酪農や農作物を買い入れて商人を取《と》り纏《まと》める中継地点として栄えた歴史がある。災厄の時代にはここの領主が領民たちを引き受け災厄の時代の窮地から領民たちを救い、慕われているという噂だ。

私たちは宿を探しながら町の中を散策することにした。

温かみのあるレンガと積雪しないための三角屋根の家々と日光が反射する湖は壮観だ。

「うわあ、立派な木」

塀の際に生えている大きなアプリコットの木。それはたっぷりと実を付けていて、誰も手を付けていないところを見ると自生のものなのかもしれない。

「ちょっと、杖《つえ》持ってて」

カナンに荷物とローブを渡して、私は塀によじ登ってアプリコットの実をもいだ。

「何をするつもりだ」

「せっかくのアプリコットだもん。この季節最後の収穫かもしれないし――」

『俺はやめた方がいいと思う』

『魔法で採る選択肢はないのかねえ』

「魔法で採ると傷がついちゃうかもしれないから」

ザリウスとサーミャは乗り気ではない。後でジャムが美味《おい》しく出来たら私の苦労も分かるはずだ。

「うわっ」

もう少し多めに採っておこうと手を伸ばしたのだが、ずるりと塀の向こう側に落ちてしまった。

「そこで何をしている！」

突然の怒号。あっという間に槍《やり》を持った数名の衛兵に囲まれた。

「ここはラフィスノルト家のお屋敷《やしき》だぞ！」

「え、ええ？」

町の名前そのものの家名。そこはお貴族様の屋敷の塀だったのだ。

私は衛兵に捕らえられ、薄暗い牢屋《ろうや》に閉じ込められた。

冷たい石床に蹲《うずくま》って時間が経《た》つのをひたすら待つしかなかった。

「どうしてこんなことに」

しかも捕まったのは私だけだなんて。

怪しい者ではないと説得をしても聞き入れて貰えなかった。どうみても塀をよじ登って屋敷に侵入した悪人だ。

「お腹空《なか》いた」

今頃暖かな宿でおいしい食事を食べていたはずなのに。もういっそ泣いてしまいたい。

『まさか木の実を盗んで投獄されるとはな』

『お前の冒険もここまでか』

カナンの肩に乗ったザリウスとサーミャが鉄格子越しにひょっこりと現れた。しかし二人は愚か者だと私を嘲って、笑いを堪えられていない。

「笑ってないでここから出して！」

カナンは笑ってはいなかったが「こんなこともあるだろう」と平然としている。それはそれで腹が立つ。しかしカナンは短時間で衛兵の詰所に掛け合い、領主に直談判《じかだんぱん》するという骨まで折ってくれた。この牢屋から出られたら後できちんと御礼《おれい》を言おう。

「てっきり面会禁止かと思っていたんだけど」

「サーミャが領主を説得してくれた」

『まったく。魔物に助けられる魔法使いなんて笑えないな』

サーミャの声はまだ震えている。

「笑ってるじゃない！」

『このお礼はフィッシュフライで手を打ってやろう』

「ここから出せないと作れないよ。それで、何て領主様を説得したの？」

『あの娘は特別な魔法が使える特別な魔法使いだから、きっと領主様のお役に立ちますよって』

「それ絶対褒めてないでしょう？」

この状況をサーミャとザリウスは楽しんでいる。

「ご歓談中失礼します」

現れたのは衛兵ではなく、紺色の給仕服を身に纏ったメイド。とても牢屋に現れるような人ではないと思うのだけれど。清潔感があり、髪の毛一本乱れておらず所作も美しい。三十手前くらいの落ち着いた女性だ。

衛兵たちは彼女の指示に従い、私をあっさりと牢屋から出してくれた。

「旅の魔法使い様とそのお連れ様、どうぞこちらへ」

「え？　どういうこと？」

「お前を牢屋から出す代わりに屋敷に来るように言われた」

確かに牢屋からは出られたけれど、屋敷に連れて行かれたら真っ先に絞首刑なんてことにはならないだろうか。

「あの、私はアプリコットを採ろうとしてまして。自生だと思ったのですが、まさか屋敷に生えているとは思わなくて」

と弁明する私にメイドは淡々と答える。

「存じております。お連れの方に伺いましたので」

「そ、そうですか。あのう、私の杖は？」

私とカナンは杖と大剣を取り上げられたままだ。無罪放免なのであれば是非返してもらいたい。

屋敷の裏口まで来ると衛兵たちは敬礼をして持ち場に戻った。

メイドは大きな裏通りを幾つも通って、大きな屋敷の裏口へと案内した。

私がさっき採ろうとしたアプリコットの木がある屋敷だ。つまりこの人はラフィスノルト家のメイドだったのだ。

「無罪とする代わりにお嬢様の願いを叶《かな》えて頂きたいのです。それまではお返しできません」

「お嬢様？」

「申し遅れました。私はラフィスノルト家のメイドにして、お嬢様お付きの、グレースです。そちらの執事はクラウスでございます」

老齢の執事は恭しくお辞儀をした。

「フェリシアです。えっと、こっちが――」

「カナンだ」

まったく、大変不愛想なご挨拶だ。

「あなたは王立魔法学校《おうりつまほうがっこう》を卒業した大変優秀な魔法使いだとか」

「ええっと？」

私はサーミャを横目でちらりと見たが、彼女は欠伸《あくび》をして知らん顔。学校を卒業したことは間違いないが、私の評価をかなり盛っている。これで失態を犯したら、杖どころか命すら危うい気がする。

屋敷内を歩きながら、メイドのグレースは説明を続けた。

「お嬢様は今年で十歳になられます。ですが、重いご病気を患っており、あまり外へ出られません」

「まさかその病気を治せだなんて言わないですよね？」

「そこまでは期待しておりません」

　グレースはぴしゃりと言った。

「ですが、お嬢様のご希望を出来得る限り叶えるのが私の役目です」

「は、はあ」

　何だか話が見えてこない。

「お嬢様はご自分が亡くなる前に、おいしい物を食べたいとおっしゃっているのです」

「長くご闘病なんですか？」

「はい。お生まれになった時からずっと――」

　淡々としたグレースの声には疲労が入り混じっていた。そして彼女の衣服から漂う薬の匂い。屋敷で療養をし続けているお嬢様に、グレースは付きっ切りなのだろう。

「旦那様はあらゆる町から一流と呼ばれる料理人を呼び、高級な食材を使いましたが、お嬢様のお口に合うものをご用意出来ませんでした」

　権力と財力があるとそんな願いまで聞いて貰《もら》えるなんて、なんと羨ましい。

　しかしお嬢様に付きっ切りのはずのメイドがわざわざ牢屋に訪れて無名の魔法使いにまで依頼するところをみるとかなり難航しているのだろう。

「つまり、私にお嬢様が納得するような一皿を用意しろ、と」

「その通りです。引き受けて下さいますね？」

「それで無罪放免にしてもらえて、杖と剣を返してくれるなら」

完全にとばっちりであるカナンに「ごめん」と謝罪をすると、彼は首を傾《かし》げた。

「俺は構わない」

これが普通の冒険仲間なら、きっと許してもらえないところだ。

「まずはこのお屋敷に相応《ふさわ》しい恰好《かっこう》に着替えて頂きます。お二人の恰好はあまりにも不衛生です。汚いです。まずは風呂に入ってください。臭います」

畳みかける辛辣な言葉の数々に、私もカナンもショックを受けた。

「き、汚い」

「臭う……」

体は洗ってはいたものの、船旅の後からずっと湯船には浸《つ》かっていない。

流石《さすが》は貴族のお屋敷。案内された使用人のための大きな浴室も立派な調度品ばかりだ。

「いい石鹸《せっけん》」

路銀のために石鹸を作って売るのもいいかもしれない。生活必需品だし、ハーブを混ぜてもいい。

私は髪と体を洗い、この際だからとオーリトーリもまるっと洗った。本当はゆっくり湯船に浸かりたかったのだが、落ち着かなくて私はすぐに上がってしまった。

服まで不潔だと言われてしまい、それから私とカナンはそれぞれメイドと執事の衣服を与えられた。

私はグレースと同じデザインのエプロンとロングワンピースのメイド服にヒールブーツだ。

「問題ないか？」

カナンの問いは恐らく人間にきちんと見えるか、という意味なのだろう。

銀細工のボタン付きベストのフォーマルな黒服と白い手袋。片目を布で覆った執事なんて少々アバンギャルドだと思うのだけれど。

「カナン。何か、殺し屋みたい」

今の装いは旅人でも剣士でもなく、裏の仕事をしている青年だ。

「そうか？」

それに前から痩せているとは思っていたけれど、こうして並んで見ると私よりも腰が細いかもしれない。そんなことよりも、私は自分の服に殺されそうになっていた。

「コルセットとか、本当に嫌。これを考えた人はきっと拷問が上手ね」

「苦しいのか？」

「息が出来ないくらいにね！　あなたも着れば分かるわよ」

「そうか。頼んでみよう」

「絶対やめて！　田舎者通り越して非常識だから」

本当に冗談が通じない。サーミャとザリウスは主人の天然ぶりに呆《あき》れるかと思ったら笑うだけ。まったく本当に主従関係なのか怪しい。

グレースは私たちの着こなしを厳しくチェックした。

「及第点ですね」

「そ、そうですか」

早速、グレースは屋敷《やしき》の中の案内をしてくれた。寝泊まりする部屋、決して入ってはいけない部屋、調理場で最低限守る規則など。

すれ違ったグレース以外のメイドたちが、執事姿のカナンに顔を赤らめながらひそひそと話している。この屋敷には若い男がいないようなので、色めき立つのも仕方ない。

カナンは突然何か思い至ったように私の首元に顔を寄せた。

「な、何？」

「大丈夫だ。臭わない」

「か、勝手に人の臭いを嗅がないで！」

私の渾身《こんしん》のパンチをカナンは華麗にかわした。

「腹が空いているんだな」

「そ、それはそうだけど」

ちょうどお腹がぐう、と鳴り私は恥ずかしさと空腹でうずくまった。

「ではお食事に致しますか？」

まるで催促してしまったみたいだが、こんなお貴族様の屋敷で出る食事を拒む理由などない。

「ぜひお願いします！」


案内された客間の席はまるで一流ホテルのよう。白いクロスに上質な食器たち。

そしてそこには使用人たちが用意した一皿。

ハッシュドビーフだ。

「こちらをどうぞ。当家のシェフの自慢の一品です」

「で、では遠慮なく、いただきます」

固いパンに飽きていた私はふわふわのライスに感動した。そして時間をかけて作る濃厚なソースは絶品だ。

「んー！　このサフランライスと濃厚なビーフ！　トマトの酸味。最高」

しまった。私は一人で堪能《たんのう》してしまったが、ちらりとカナンを見ると、やはり渋い顔をしている。味がしない料理を口に運ぶのは苦痛なのだろう。

「カナン、大丈夫？」

「――ああ」

食事の味を知ってしまったら、ますます何も味がしないものは砂を噛《か》んでいるように感じるのかもしれない。

「お口に合いませんでしたかな？」

「い、いえ。彼はその……食が細くて」

「左様でしたか」

執事クラウスは恭しくお辞儀をして、アイスティーを用意してくれた。

「お気に召したようでしたら、シェフに頼んで後程レシピをお渡しいたしましょう」

「ぜひお願いします！　このトッピングされてるドライフルーツは？」

「フェリシア様が先ほど盗まれようとした果実です」

「す、すみませんでした」

私の失敗が蒸し返されたことに、カナンはくすりと笑った。食事中でなければテーブルの下で蹴ってやったところだ。

しかし、こんなおいしい料理を作れる料理人がいるのに、その味付けが気に食わないなんて、どれだけわがままなお嬢様なのだろう。私の腕で果たして叶えられるか不安が募るばかりだ。

食事が終わった途端、またグレースは淡々と説明した。

「お二人にはお嬢様が納得いくまで、この屋敷の使用人として過ごして頂きます。フェリシア様にはお約束通り、お嬢様が望まれるお食事を。カナン様は目立たない程度に自由にお過ごしください」

「え、カナンだけズルい」

「旦那様のご命令ですので」

まあ、料理なら私一人の方が都合はいい。しかし一つ引っかかることがあった。

「どうして料理なんです？　欲しい物が何でも手に入るなら、別に料理じゃなくてもいいのでは？」

「それが……。私たちにも分からないので、苦戦しているのです」

お嬢様はまだ子ども。女の子ならお菓子以外にも玩具やアクセサリーで満足しそうなものだけれど。

「では、早速。お嬢様の好きな物、苦手な物を教えて貰えますか？」

「アーモンドとチーズを食べるとお腹《なか》を壊してしまいます。野菜と生魚はもっての外です。それから脂っこいものもお嫌いです」

『随分と好き嫌いが多いな』

『私たちは骨まで食べるのに。贅沢《ぜいたく》なやつだ』

「ちょっと黙ってて」

使い魔たちは呑気《のんき》なものでサーミャとザリウスはバリバリとビスケットを頬張り、オーリトーリはナッツをちまちま食べている。

「以前は甘い物がお好きでした」

「い、今は？」

「今は、あまりお好きではないようです。味の薄い食事を好まれます」

グレースの体から漂う薬の匂い、彼女の目の下のクマ。この薬の強い匂いからしてお嬢様は一日に何度も服薬しているらしい。

きっとお嬢様は強すぎる薬のせいで味覚が変わってしまったのだろう。

突然、りんりん、と呼び鈴が鳴り、グレースはパタパタと足早に客間を後にした。

「それでは、私はこれで失礼を」

きっとお嬢様に呼ばれたのだろう。グレースからの話だけではお嬢様の食べたい物がピンと来ない。できれば直接会えるようにお願いしてみよう。

私は真剣に考えているというのに、カナンはミルクとレモンを紅茶に一緒に入れて執事を困らせていた。

「こちらの紅茶は高地で育った特別な茶葉でございます。〈名もなき英雄〉が魔物を倒してから生まれた紅茶で、記念に〈サー・リバース〉と名付けられたのです」

「それに対抗した養蜂家の魔法使いが蜂蜜の騎士っていうブランドを作ったんですよね」

「よくご存じですな。ちなみにそのハチミツの元となった木の種類は、先ほどフェリシア様が登られた木でございます」

「本当にすみません！」

先ほどからちくちくと嫌味を言われてしまう。余程大事な木だったに違いない。

「ハチミツなんて、災厄の時代には楽しめるものではありませんでした。花が咲かなければ花の蜜は取れず、ミツバチがいなくては、人はハチミツを楽しめませんからな」

クラウスは昔日の思いにふけっている。

「本当に、英雄のお蔭《かげ》でここまで人の世界は再生出来ました。感謝しなければ――」

貴族とはいえ、あの時代が苦しいのは誰も同じだったのかもしれない。


日が暮れた頃、ようやく私はお嬢様に会うことになった。

カナンは何やら執事に色々と教わっているようだし、お嬢様の寝室に男性が入るのは遠慮した方がいいだろうと、私だけ会うことになった。

「お嬢様、お客様がお見えです」

重厚な扉、部屋は驚くくらい広くて贅沢だ。

伝統的で上品な壁紙。高級そうな調度品。たくさんのぬいぐるみと絵本は部屋で退屈しないように与えられたものだろう。しかし、部屋には薬の匂いが充満していた。

リーズリット・ラフィスノルト嬢はベッドから起き上がった。

血色が悪いし、胡桃《くるみ》色の髪を肩ぐらいまでに切《き》り揃《そろ》えていた。貴族のご令嬢ならば腰まで髪を伸ばすものだけれど、パサついている髪からは長い闘病生活がうかがえる。何より も年齢よりは痩せていて、食事を満足に摂《と》れていないことが分かった。

容姿から大人しい深窓の令嬢を想像していたのだけれど、不機嫌そうにこちらを睨《にら》んだ。

「ああ、あなたが庭の木に登った魔法使いね」

「そ、その件は本当に申し訳なく」

「窓から見えたから」

不愛想で上から目線。きっと随分と甘やかされて育てられたのだろう。

「お嬢様、この方はフェリシア様と――」

「何よ、全然魔法使いらしくないじゃない。帽子もないし、杖《つえ》もない。こんな魔法使いなら呼び止めるんじゃなかった」

お嬢様はふん、とそっぽを向いた。

成程。これは難敵だ。

魔法学校時代に貴族のお坊ちゃんを相手にして、玩具を投げられたことを思い出してしまう。私はぐっとこらえて恭しくお辞儀をした。

「お嬢様は何か特別なお食事をご所望と伺いました。詳細をお伺いできればと思いまして」

「別に、何でもいい」

「え？」

「わがままを言いたかっただけ。どうせすぐに死ぬんだもの。何をしても一緒よ」

「お嬢様、またそのようなこと――」

グレースの心中が思いやられる。

外気が入らないように締め切られた部屋。開けられていない贈り物。一度も袖を通したことのないドレス。そんな物ばかりを眺めた日々はさぞ退屈だっただろう。

この少女はきっと生きる気力を失ってしまっているのだ。

「お嬢様のお望みのお食事は何でしょう？　ケーキやプディングでしょうか？」

「何その言い方。馬鹿にしているの？」

「早く願いを叶《かな》えてさしあげたいと使用人の皆さまも心配しています」

「使用人たちは関係ないでしょ？」

こんな調子では話が一向に進まない。

「はあ、あのですね。あなた様のわがままで皆さんが困っています。それに死んだら、おいしい物が食べられませんよ」

リーズリットの青白かった頬がみるみる赤くなり、枕を投げつけた。

「――っ、出て行って！」

「お嬢様！」

急に声を張り上げたせいで息が詰まり咳《せき》が止まらなくなった。控えていた若いメイドにグレースは指示を出した。

「フレイ先生をお呼びして！」

——どうしよう。

機嫌を損ねてしまった上に、お嬢様の容態を悪化させてしまった。

主治医が来るまでの間、私は部屋の外で立ち尽くしていた。診察が終わったのは夜の闇にすっかり包まれた頃で、老齢の主治医はいつもの発作だとグレースを宥《なだ》め、薬を処方した。長い間、リーズリットの容態を診察している優秀な医者らしい。

「フェリシア様」

「私のせいで、申し訳ありません」

「いいえ。今日は特に気が荒れていらっしゃるようでしたので」

「多分私のせいですよね」

ああ、もう。年下の少女に、それも病人相手になんて言い方をしたのだろうと頭を抱えるばかりだ。しかしグレースは私を責めることはなく、寧《むし》ろ申し訳なさそうに目を伏せた。

「いいえ。おそらく期待をしていたのかと」

「期待？」

「お嬢様もまだ子どもですから。魔法使いが現れたことで夢を見てしまったのかと」

「ああ、そういうことでしたか」

魔法使いが願いを叶える逸話は多い。部屋に置いてあった絵本も全て魔法使いが可哀想《かわいそう》な少女を救う話ばかりだった。

だったら杖を返してくれればもう少し期待に添えたかもしれないのに。

「あの。お嬢様はずっとあの部屋に？」

「外に出ると咳が止まらなくなってしまって。旦那様のお言いつけで、あのように」

病は気から、とも言うけれど、気力は体力があってはじめて追いついて来るものだ。私はそれを身に染みて知っている。

屋敷《やしき》の窓から見える庭の端に植えられたアプリコットの木が目に入った。ちょうど上階にあるお嬢様のお部屋からは確かによく見えそうだ。

「あの、アプリコットの木はいつからあるんですか？」

「あちらは奥様……。お嬢様のお母上がお生まれになった記念に先代ご当主様が植えられたものでございます」

そうなると樹齢は三十年近い。まさに災厄の時代の最中に植えられたことになる。

「奥様はお嬢様と同じくお体が弱く、お嬢様がお生まれになってすぐお亡くなりに――」

そんな大切な木の実を勝手に採ったら誰だって怒る。牢屋《ろうや》行きになるのは仕方ない。

「収穫の時期なのに、どうしてそのままにするんですか？」

「それは、旦那様が思い出してしまうからでしょう。奥様は毎年、この季節を楽しみにしていて、フェリシア様のように塀に登っていましたので」

話を聞く限り、ラフィスノルトの領主様は亡くなった妻と病気の娘をそれは大事にしていることが分かる。そして彼女の回復はこの屋敷の使用人たちの願いなのだろう。

その晩、私は調理場で一人悶々《もんもん》と悩んでいた。

豪勢なスイーツや目新しい食材を使った料理はどうだろう。

でもそんなもの今まで依頼された一流のシェフたちが試しているに決まっている。

「おばあちゃんのレシピだと、食材自体がないからなあ」

気に入りそうなものは魔界にしかないもの、入手困難なものが多くてとてもではないが再現できない。それに何より、用意されたレシピに頼るのは私のプライドが許さなかった。

魔法学校の食堂のメニューを考えるのとはわけが違う。コストパフォーマンスやバランスではなく、見た目の華やかさやお嬢様自身の好物を知らないと作れない。

長い闘病生活で味覚が変化して、酸味や辛みが強いものはきっと体が受け付けない。そしてその一皿で、リーズリットに少しでも希望を与えられるものがいい。

古時計が夜中の十二時を告げ、私はますます絶望的になった。

使用人たちも寝静まった時間に調理場の扉が開かれたので、私は声を上げてしまった。

「わ！　びっくりした。カナンか。まだ起きてたの？」

やはり見慣れない服装だと別人みたいだ。

「俺は睡眠を必要としない」

「そうだった」

項垂《うなだ》れる私の目の前にカナンはポットを差し出した。

「お湯を沸かしてくれないか」

「ああ、そういうことね」

私は魔法でポットにお湯を注いだ。旅の間の実験で分かったことは、カナンは茶の味さえ分からなかったことだった。流石《さすが》に茶葉から作ることは時間が足りないので、お湯を魔法で作ったのならカナンにも紅茶の味が分かるはず、という検証は見事に当たった。

カナンはポットに注がれたお湯をカップに注いで温めた。そして空になったポットに匙《さじ》で茶葉を入れ、再びお湯を注ぐように私に促した。

数分蒸らしてから最後にカナンは、お湯を捨てたティーカップに紅茶を注いで私の前に差し出した。

見惚《みと》れてしまう程に随分と美しい所作だ。途中で私のお湯を注ぐ魔法がなければもっと完璧だった。

「どうしたの、それ」

「執事に教わった」

「お、おいしい」

今まで飲んだ紅茶よりも香りが立っている。こんなおいしい紅茶の淹《い》れ方をたった半日で身につけられるなんて、この男の潜在能力は計り知れない。

「一日楽しんでいたようで何より」

嫌みのつもりだったのだが、カナンはほっとしたような表情で、目を細めた。

「カナンって本当に魔族らしくないよね」

「今は魔力がないからな」

「そういうことじゃなくて。雰囲気とか、所作とか。周りにバレないからいいけれど」

「俺はまともな魔族じゃないからな」

それは確かに。捕食対象である人間を食べずに、一緒に旅をしているのだからまともではない。

試しに作ったお菓子の数々をお茶請けにして私は一息ついた。

『順調かい？』

サーミャとオーリトーリはそのお菓子たちをモグモグと食べ始めた。

主人が頭を使って疲れているというのに、今日一日お菓子しか食べていないんじゃないだろうか。

「そう見える？　順調じゃないよ」

私が書いて捨てたレシピをサーミャは拾って読んだ。

『だろうねえ』

『チョコレイトを使った菓子がいいんじゃないか』

しかし残念ながらそれは作れない。

「あのね、チョコレイトは今、魔界でしか食べられないの！　災厄の時代のせいで原料のカカオが絶滅しちゃったの！」

私は幼い時にたった一度だけしか食べたことがない。

甘くて蕩《とろ》ける、ずっと口に入れていたくなるような、世界が一変するような美味《おい》しさだった。カカオを砂糖と一緒に混ぜるだけであんなに深い甘みになるなんて夢のようだ。

祖母が遺したレシピにもいくつかチョコレイトを使ったものがあるが、やはり材料がなくては意味がない。もはや一つの文明の終わりだ。

「魔王が人間嫌いじゃなければ、もっと貿易が出来るのに」

「そうだったのか、すまない」

「どうしてカナンが謝るの？」

「いや、何でもない」

同じ魔族として変な責任感を感じたのかもしれない。

「だから、いつか魔界にも行ってみたいんだよね」

と現実逃避をしたところで何のアイデアも出てこない。無気力に私はテーブルに突っ伏した。

『情けないねえ。適当に食わせればいいじゃないか。それともザリウスに言って杖《つえ》をしのんで取って来させようか？』

いけないことだと分かっていて、わざとサーミャは提案している。人の困った姿を見たいなんてやっぱり魔物は扱い辛《づら》い。

「魔法使いは願いを叶《かな》えるためにいる。私はそう教わった」

カナンが驚いたように私を見た。同じように魔法を使う者でも、魔族には魔法使いの考えが分からないのだろう。魔法の考え自体が違うのだから仕方がない。

「中央大陸じゃ、魔法使いが研究のために集まっているから珍しくないんだけれど。もう大陸の端にはほとんど魔法使いがいないから」

災厄の時代の発端は、魔物と契約した魔法使いたちが世界転覆を企てたと疑われたことにある。井戸に毒を投げ込み、畑に塩を撒《ま》き、海に油を注いだと多くの魔法使いが聖騎士団に捕らわれた。

それら全ては、〈飢餓の怪物〉の確認により冤罪《えんざい》だと判明したが、それでも魔女狩りは止まらず、魔法使いはそうして数を減らしていった。

中央大陸の宮廷魔法使いが魔法使いを保護するよう、当時の王様に進言しなければその数はもっと減っていたことだろう。

そして今、北大陸では魔法使いはとても貴重な存在となっている。私は道中、一度も魔法使いに会っていないし噂《うわさ》も聞いたことがない。

つまり北大陸では魔法使いは御伽話《おとぎばなし》の中の存在となっていたのだ。

「魔法使いらしく、お嬢様の願いを魔法で叶えてあげたいな、と思って」

グレースの言うとおり、私に期待していたに違いない。

「望む物を出せる魔法はないのか？」

カナンはまたそんな無茶を言う。

「そんな魔法が使えたら苦労はしないよ」

「なら、魔法で治療は出来ないのか？」

「一時的ならね。今の私だと、少し咳《せき》を抑えられるくらい」

殺す魔法より生かす魔法の方が難しい。病気を治す魔法は色んな魔法使いが研究をしているけれど、先の通り魔法使いの激減によりその魔法の大半は失われた。

「そんなことが出来るのは、私が知る限り一人しかいない」

私に魔法を教えてくれた魔法使いだ。

「フェリシアの、祖母か？」

「前に話したっけ。本当にすごい魔法使いだったんだ」

「祖母に会いに行くのか？」

「ああ、それは出来ないかな」

祖母はもういないのだから。思い出したら辛《つら》くなってきて、またテーブルに突っ伏した途端、飛んできたオーリトーリの針が顔に刺さり、私は悶絶《もんぜつ》した。

サーミャとオーリトーリは最後のお菓子をかけて勝負をして、オーリトーリは負けてしまったらしい。

「使い魔なのに本当に食べてばっかりなんだから。ねえ、カナン」

「……」

カナンはすっかり黙ってしまった。

誤魔化したつもりだったのだけれど、話が少々重すぎただろうか。

「そ、そういえばザリウスはどうしたの？」

このお菓子争奪戦に加わっていないのは珍しい。

「今は仕事中だ」

カラスが屋敷の中をうろついていても困るから追い出したのだろうか。

『坊ちゃん、見つけましたよ』

「うわ！　蛇！」

私の足元をずるりと黒蛇が這《は》いずっている。

『待て待て、俺だ。ザリウスだ』

「ええ？　何で黒蛇の姿になっているの？」

『蛇の方が家を探りやすい』

だったら黒猫になればいいのに。黒蛇だって十分怪しい。

『それより坊ちゃん、どうします？』

ザリウスはぺろぺろと舌を出して主の指示を待っている。何だかいつもより使い魔らしいことをしているじゃないか。何の話か分からないけれど、カナンはいつもの鋭い眼差《まなざ》しでザリウスに命じた。

「今はまだ様子を見る。引き続き監視しろ」

『承知しました』

ザリウスはまたするりと姿を消した。

「え、何の話？」

『今日はもう遅い。人間は寝ないと次の日動けないんだろう？　睡眠は美容の大敵だよ』

「でも、まだ何も出来てないし」

調理場に長くいたせいで体がすっかり冷えてしまった。サーミャはにんまりと悪い笑みを浮かべた。私の知っているカワウソの顔はこんなに凶悪だっただろうか。

『そうか、そんなに肌寒いなら、坊ちゃんに温めてもらうかい？』

「え？」

急に何を言いだすんだ、このカワウソは。

『ねえ、坊ちゃん。体を冷やしたメイドを温めるのも執事の仕事だろう？』

「そんないかがわしい使用人がいるわけない！」

「俺は構わないが」

冗談の通じないカナンなら本当に言われた通りにしかねない。

「ね、寝ます！　すぐに寝ます！」

『ほうら、体があったかくなっただろう？　って、いたた！』

私は首元にまとわりつく色ボケたカワウソの頰をつねった。

そのままサーミャが私の枕元で一緒に眠ることになったのだが、本当に魔物のすることは分からない。

――そういえば私はチョコレイトをいつ食べて、誰から貰《もら》ったんだっけ。

私はまどろみの中で、昔のことを少し懐かしんだ。

私はその夜、不思議な夢を見た。

まるで走馬灯のように駆け巡る不思議な夢だ。

私はずっと空の上にいて、大きな屋敷《やしき》を見下ろしていた。

誰かが私に何かを見せようとしているのだ。

はじまりは、晴れた春の日の午後。まだ細くて頼りない木が一つ、娘の成長と家の繁栄を願って植えられた。

春には薄桃色の花をつけ蝶《ちょう》を呼び、初夏には青々とした葉を茂らせて、夕焼け色の実をつけている。幾年も、それを繰り返して娘の成長と共に木も生長していった。

災厄の時代でもその木は実を実らせ続け、その屋敷の人々の食卓を潤した。土が汚れていると次々と木が伐採されていく中、その木だけは守り続けた。

重い病を抱えながらも娘は成長し、婿入りした男と結ばれた。そして程なくして娘は母となり、男は父となった。

――ああ、これはこの家で起きたことなんだ。では誰がこの夢を見せているのだろう。

遠くで鐘の音が聞こえた。誰かの葬式だ。雨の中、木の根元で喪服を着た男が一人、背中を丸めて大声で泣いている。男の隣に妻はいなかった。

それから一度もその木を気にかける者はない。

花を咲かしても愛《め》でる者はいない。実をつけても地面に落ちるだけ。

淋《さみ》しく悲しい時ばかりが過ぎていく。

いつの間にか私の頬には涙が伝っていた。

私はようやくその木に近づいて、語りかけた。

「私に、出来ることはありますか？」

私の手には果実の付いた枝葉が一つ。アプリコットの木は、たった一つの願いを私に託した。

「――」

目が覚めて、私は自分が作るべきものを悟った。


こういう夢を見ると、頭がぼうっとして寝起きが悪くなるのだけが難点だ。

まだ夜明け前で部屋の中は薄暗い。ぱらぱらと窓に当たる水音がする。外は雨だが、心のうちは晴れていて、私は急いで身支度を始めた。

サーミャもオーリトーリもまだベッドの中で眠っている。

扉を開けるとそこには壁に張り付くように立っているカナンの姿があった。

「うわ、何してるの」

「待機している。執事ならそうすると――」

まさか一晩中立っていたのだろうか。

「目立たないようにって言われたでしょう。それに執事はそんなことはしないし、それじゃあ王様を守る騎士みたい」

「違いはあるのか」

服を着て恭しい役目を与えられた人は皆同じに見えるのかもしれない。

「そうしていると暇じゃない？」

「雨を眺めていた」

剣を使うより、こうしてぼんやりしている方がカナンの心は穏やかに見える。

「雨が好きなの？」

「音がいいんだ」

魔族も風流が分かるのだろうか。私は思わず手を伸ばして前髪に触れてカナンの左目をまじまじと見た。

「どうした？」

「目の色、やっぱり言い伝え通りだなって」

平和と安寧に生きる緑色の目。

「羨ましいくらい、綺麗《きれい》な色」

「そうか。なら、片方だけでも残って良かった」

カナンは右側を手で押さえた。

「ご、ごめん！　そんなつもりじゃ」

「俺は花の色の髪もいいと思う」

カナンは私の頭をそっと撫《な》でた。その行為に、私の眠気は一気に吹っ飛んだ。

『あのう、俺がいること忘れていませんか、坊ちゃん……』

「え、ザリウス、いたの？」

『いたら悪いのか』

まだ黒蛇のままのザリウスは、カナンの内ポケットの中で暖を取っていたらしい。つまり私たちのやり取りをじっと見ていたことになる。

『のんびりしている暇はありませんよ、坊ちゃん。急がないと――』

「ああ」

カナンはザリウスに急《せ》かされ、一人動揺している私を置いていった。

――また、やられた。


私はグレースにもう一度お嬢様に会えないかと頼んだ。その願いは通ったものの、体調を回復してもリーズリットお嬢様のわがままっぷりに変化はない。投げやりで、自分で出した要望なのに面倒ごとのようにあしらった。

「だから、何でもいいし。適当に作ってよ」

「でも、それだと食べないですよね？」

「満足したフリすればいいんでしょ」

「本当に食べたい物はないんですか？」

「うるさいなあ。どうせ杖《つえ》を返して欲しいだけなんでしょ」

まあ、その通りではあるのだけれど。

昨日の発作が続いているのか、喉がどうにも引っかかって上手《うま》く話せないようだ。

まずは私を認めてもらわないと、お嬢様はずっと拒み続けてしまう。何よりも、見ていてとても痛々しくて、何かしなければと思ってしまう。

「これを食べてみてください」

リーズリットは恐る恐るそれを口に含んだ。

「咳《せき》が治まった？　ナニコレ」

「リコリスの飴《あめ》です」

「リコリス？」

「赤い花を咲かせる薬草の一種で、咳止めにいいんです」

風邪を引いた時のために祖母は当然のように常備していて、それは村人にもとても好評だった。

「よろしければ、レシピをグレースさんに渡しておきます」

「べ、別に。グレースじゃなくても私に教えなさいよ」

てっきりいらないと言うのかと思ったけれど、気に入ってくれたようだ。

「なによ」

「いえ。ちょっと驚きまして。でもこれはただの民間療法で、魔法ではないですけれど」

リーズリットは口を尖《とが》らせ、足をばたつかせた。

「あなたの言う通り、別に私は、食べたい料理なんてない。だけど、そういう風に言わないと、皆、私をかわいそうな子どもとして見るんだもの。外に出たらお父様はお仕事が手に付かなくなるし、グレースもあれはしちゃダメって怒るし」

「心配なんですよ、お嬢様のことが」

貴族というのはどうしても色んな物で取り繕わないと生きていけないらしい。

「いいじゃないですか、心配してくれる人がいるだけでも」

「フェリシアって言ったかしら？　歳《とし》はいくつなの？」

「十七です」

「そう。親も魔法使いなの？」

「さあ、それは分かりません」

え、とリーズリットは初めて私に目を向けた。

「災厄の時代で、私の家族は皆いなくなりました。両親のこともあまり分からないんです。でも代わりに家を継ぐ心配もなく、あちこち旅が出来ますが」

「そう。良いわね、あなたは冒険できて。色んな所へ行けて」

リーズリットの表情が次第に曇っていった。

「この病気のせいでお屋敷から出ることも出来なくて、友達だって出来ない。私のお母様も同じ病気で死んだそうよ」

悲しみよりも投げやりな物言いに、何度も涙を隠してきたことが分かる。

「私を産まなければ、もっと長生き出来たかもしれないのにね」

どこにいても、どの立場でも、災厄の時代は誰にでも影を落として不幸をもたらす。

私はリーズリットの手を取った。

「リーズリットお嬢様。今は雨ですが、午後から晴れるそうです」

「だから、何？」

「冒険へ行きませんか？　お外へ」

曇っていた少女の目に光が差し込み、彼女は大きく頷《うなず》いた。

屋敷はいつも以上に騒がしく、慌ただしいものになっていた。

何せ、今朝までベッドで寝ていたご令嬢が今は梯子《はしご》を上っているのだから。レースの寝巻から動きやすいシャツとキュロットに着替えて、生まれて初めて農作業用の手袋までしているのだ。

「お嬢様、それは私が」

「いいの！」

お付きのグレースとクラウスも冷や冷やとしながら見守っている。

私がリーズリットに提案したのはアプリコットを一緒に収穫して、一緒に料理を作ることだった。

貴族のご令嬢なら当然ではあるが、料理を一度もしたことがないという。

——そりゃあ、料理の苦労と楽しみが分からないと、美味《おい》しさも伝わらないな。

「きゃあ！」

「お嬢様！」

グレースは何度も心臓が止まりそうになっている。

「大丈夫、ただの蜘蛛《くも》ですよ」

念のため、浮遊の魔法をリーズリットに纏《まと》わせておいて良かった。もし怪我《けが》でもされたら今度こそ本当に牢屋《ろうや》に繋《つな》がれる。

背の高いカナンがいてくれれば心強いのだけれど、一体どこに行ってしまったのだろう。てっきり執事のクラウスに色々と教わっているのだと思ったのだが、執事がここにいるということは別件にかかりっ切りらしい。

リーズリットは果実の採取は全部ひとりでやるのだと譲らなかった。

「見て！　こんなに採れたわ！」

籠いっぱいに入ったアプリコットを見て、リーズリットははしゃいでいる。

「きっと、手入れをしてくれている優しい使用人がいたのですね」

クラウスに目を向けると、彼は少し困ったように目を伏せた。彼はあらかじめ、リーズリットが怖がらないように、毛虫を丁寧に取り除いていたのだ。普段から手入れをしてくれていたのも彼だろう。

ちょうど熟していて、そのまま食べても美味しそうだ。

まずは実を綺麗に一つずつ拭いて、傷がついているものとそうでないものを分別する。

――いくつか分けてくれないかなあ。

と、さもしいことを考えてしまう。

そして調理場に行き、早速調理に取り掛かる。

種を取るようにしてナイフで切れ込みを入れて、果肉をざく切りにして下ごしらえは完了。焦げ付きにくい鍋を用意して砂糖を量っておく。

「こんなに砂糖を入れるの？」

「これくらいがちょうどいいんです。焦げないようにゆっくり混ぜてください」

リーズリットお嬢様、初めてのジャムづくりだ。

「お嬢様、火傷《やけど》しないように、そっとですよ」

「分かってるわ！」

リーズリットは意気揚々と木べらを回している。あんまり乱暴にすると零《こぼ》れてしまうので、グレースは横から何度も注意している。火を扱うことだって初めてだから、それはもう梯子に上るよりも心配そうだ。

私とクラウスはその間に瓶を煮沸して準備していたのだが、

「オーリトーリ、つまみ食いしたらダメよ」

お腹《なか》を空かせたハリネズミが一人抜け駆けして籠に手を伸ばしていた。

リーズリットはとても真剣で、額には汗がにじんでいる。

「甘くていい香り」

しっかり煮詰めた後、瓶に詰めて完成だ。

宝石を見るように彼女の目は輝いている。喜んでもらえて何よりだ。

「キレイだわ」

ジャムはサンドウィッチや、タルトタタンなど色んな料理に使えるし、自分で好きなだけ塗ることが出来る。何より日持ちがいい。

もちろんジャムだけではない。

「これだけあれば果実酒も作れますよ」

「本当に？」

「大人のお楽しみですよ」

「――大人」

リーズリットの顔が少し曇ってしまった。病気のこと、早くに母を失ったことを思うと失言だった。

しかしすっかり心を開いたリーズリットは次々に私に質問をしてくる。

「ねえ、フェリシアはどうしてこんなに料理を知っているの？」

「私の祖母も魔法使いで、食堂を営んでいました。私にレシピを遺《のこ》してくれまして」

「料理の魔法使いなの？」

「そんなところです」

祖母は、きっといつか災厄の時代が終わることを分かっていたのだろう。遺してくれたレシピはどれも未来地図のようで、どんな本よりも私をワクワクさせた。

「ねえ、フェリシア。あなたとあの男の人は、恋人なの？」

「はい？」

「だって、お揃《そろ》いのアクセサリーをしていたじゃない。あれって恋人同士の証《あかし》のペンダントでしょう？」

そういう捉え方もあったのか。私は慌ててイヤリングを隠した。

「これは！　私たちはそういうのではなく。えっと、そう！　一緒に旅をする仲間です。その印みたいなもので、準備する暇がなくて致し方なく――」

「ふうん、そうなんだあ」

何だかサーミャを彷彿《ほうふつ》とさせる、にまにまとした笑みだ。男女一組だとそういう誤解も生まれてしまうのか。

それから私は、アプリコットと一緒に煮た牛肉と、枝豆の冷製スープの下ごしらえをした。

「これで仕込みは出来ました」

「何で？　すぐに食べられないの？」

「これは明日のピクニックで食べましょう」

「ピクニック？」

リーズリットは興奮して、どんな恰好《かっこう》をしようかとはしゃいでいる。

「お嬢様、あまりはしゃがれますとお体に障ります！」

「大丈夫よ。フェリシアから咳が止まる飴を貰《もら》ったの」

「飴？」

「あ、ああ。えっと喉飴《のどあめ》です。決して怪しいものではないです」

「そうでしたか。お嬢様、今日はもう日が落ちています。明日、しっかり楽しむために今日はもうお休みになってください」

はしゃいで熱でも出たら大変だ。

それでも料理をしただけであんなに喜んでくれたのだから、明日が楽しみだ。

空が藍色に染まった頃。私は庭に出て、アプリコットの木に手を添えた。

もう、その枝には実の彩りがなくなったけれど、地面に落ちて腐らせてしまうよりずっといい。

「安心して下さい。ちゃんと伝えますから」


翌朝。

眩《まぶ》しいくらいの快晴で、青空が広がっていた。

リーズリットお嬢様は、白と水色を基調としたドレスを着用していた。特別な日だからとグレースが提案したそうだ。可愛《かわい》らしい帽子もとてもよく似合っている。

ピクニックには寂しくないようにとグレースとクラウスも参加してくれた。

「お嬢様の体調が良くて安心しましたよ」

「ええ。天気もよくて、何よりです。旦那様も来られたら良かったのですが――」

愛娘《まなむすめ》の快調と初めての料理を楽しんでもらいたかったのだが、やはり領主様は忙しいらしい。

それに今朝からカナンの姿も見ていない。朝食も食べずにどこかへ行ってしまったらしい。やっぱり果実をふんだんに使った料理のピクニックは気に入らなかったのかもしれない。

今日の私は特別にメイドの服ではなく私服を着ることを許された。

「あなた、本当に魔法使いだったのね」

「ええ、そうですよ」

いつもと違う私の服装にお嬢様は少しだけ恥ずかしそうに顔を隠した。

あんなに色々と暴言に近いことを言っていたのに、今更取り繕っても遅いのだけど。それだけお嬢様にとって魔法使いは特別なのだろう。

アプリコットの木の下にシートを敷いて、食器をのせるミニテーブルを整えた。

グレースが用意してくれた三段トレイに、アプリコットジャム、牛ロース煮のスライスをはさんだサンドウィッチと、タルトタタン、枝豆のスープ。つい腕がなってしまって、ゼリーとバターケーキも作ってしまったが、果たして食べきれるだろうか。しかし、これだけあれば見栄えも大変よろしい。

そしてクラウスが用意した紅茶もあれば素晴らしいアフタヌーンティーの完成だ。

「わあ、キレイ！」

「これはお嬢様が作ったジャムですよ。まずはビスケットに付けて食べてみてください」

リーズリットは恐る恐るジャムを口に運び、きゅう、と頬を押さえた。

「っ、おいしい！　甘酸っぱくて、何個でも食べられちゃう」

もし微妙な顔をされたらどうしようと、内心ドキドキしていたのだが、胸を撫《な》でおろした。トレイにのったサンドウィッチやゼリーにも手を伸ばしてくれた。

「あっという間になくなっちゃうわ。ねえ、ジャムをたくさん作って毎日食べたいわ」

瓶六個分は作ったのだけれど、この調子で食べたなら瓶はすぐに空になるだろう。

「そうですね。冬にはもうなくなってしまうかと」

「そう、なの？」

「この木に実るのは年に一度ですから」

リーズリットは私に釣られてアプリコットの木を見上げた。

「ねえ、魔法使いさん」

とても神妙な面持ちで、リーズリットは私に語り掛けた。私を名前ではなくて「魔法使い」と呼ぶリーズリットの表情は今までのわがままなご令嬢のそれではなかった。

「私、大人になるまで生きられるかしら？」

リーズリットの質問に隣にいたグレースが息を呑《の》むのが分かった。

病気の少女が抱えていて当然の疑問だ。

ただ安心する言葉が欲しいのではない。

リーズリットが求めているのは魔法使いが持つ不思議な力があれば、生きているという確証が得られるのではないかと期待しているのだ。

私が思っている以上にこの少女は賢明だ。おいしい料理を作って欲しい、というわがままも本当は子どものように振舞っているフリをしていただけなのだろう。

そうでなければ、記憶もない母の死を自分のせいだと思い詰めるまで考えることはしなかっただろう。

けれど私には未来も病気のことも分からない。

分かるのは、死の淵《ふち》に立つという恐怖。そして、救われた時の喜びだ。

「私は未来が分かる魔法使いではないので、分かりません。ですが、生きようと思わなければ明日を望むことをしなければ、人は生きられません。またこの季節が来るには、来年も再来年も、生きて行かないと。だから、毎朝起きるのを楽しみにしてください。このジャムはトーストにもピッタリですよ」

伝わっただろうか。リーズリットは少し驚いた顔をして、すぐに目を伏せた。

「ごめんなさい。グレース、クラウス」

「お嬢様？」

リーズリットが口に出したのは使用人たちへの謝罪の言葉だった。

「私、ずっと嫌な娘だった。二人がたくさん工夫してくれていたのに、私はわがままばかりで」

「そんなこと！　一番辛《つら》いのはお嬢様です。私たちは何も、出来なくて」

リーズリットとグレースは泣きながらお互いの手を握った。

「来年、もう一回、私にも作れるかしら」

「ええ、もちろんです。一度作ったから大丈夫ですよ」

二人の様子を見守るクラウスの目にも涙が滲《にじ》んでいる。リーズリットは私の手も握った。

「フェリシア、ありがとう。本当に――」

「いいえ。私はただアプリコットを盗もうとして、その罪を帳消しにしただけですから。

それから、魔法使いらしいことを一つだけ」

私は立ち上がり、アプリコットの幹に触れた。

「実は私は木と話せるのですが。あなたのお母様はお腹にあなたがいる時に一つの願いをしていたそうです」

「え？」

夢で見て伝わったこの木の想《おも》いを伝えなければ、魔法使いと言えないだろう。

「あなたにも、大人になってもおばあちゃんになってもこの木になるアプリコットを食べて貰いたいと――」

「お母様が？」

「どうしても、この木は伝えて欲しいと言っていました」

まるで返事をするかのように、風が吹き枝葉が揺れる。

「誰かが強く願う気持ち。それを叶《かな》える力が現れた時――。人はそれを魔法と呼ぶのです」

「リーズリット！」

息を切らしながら走ってくる一人の中年の男。服装や身なりはいいが、髪は乱れ汗まみれだ。

「お父様？　どうなさったの、お仕事は？」

まさかのご領主様ご本人。私は慌ててお辞儀をした。しかし彼は私に目もくれずリーズリットに抱きついた。

「そんなことはいいんだ。リーズリット、体は大丈夫なのか？」

あまりの慌てた形相に、使用人たちも面食らっている。しかしリーズリットは朗らかに手製のジャムを見せた。

「見て、お父様。私が作ったのよ」

「そうか、そうか！」

領主様は嬉《うれ》し泣《な》きをしてまた娘を抱きしめた。

「変なお父様」

娘がジャムを作ったくらいで大袈裟《おおげさ》な、と思ったけれど、しかし娘の成長を喜ぶ父親の気持ちも十分分かる。何より、病弱な娘がこうして楽しんでいる姿はこの上なく嬉しいに違いない。

「茶会には間に合ったか？」

「カナン？　一体どこに行ってたの？」

遅れてやって来たカナンはいつもと変わらず平然としている。

しかし肩に乗っている黒蛇のザリウスはぐったりとしてお疲れ気味だ。

「どうしたの、なんだか干物みたい」

「フェリシア、後でザリウスに何か作ってあげてくれ。今回の功労者だ」

『肉だ、肉をくれえ』

「良かった。ちょうど牛ロースを煮たのがあるよ」

＊

翌日。私たちは次の町へと向かうため日が昇る前にラフィスノルトに別れを告げる。

ラフィスノルト家は総出で私たちを見送ってくれた。

杖《つえ》と大剣と引き換えにレシピの写しを渡して、これで彼らとはお別れだ。

「リコリスの喉飴とシロップの作り方です」

「何から何まで、ありがとうございます」

「グレース、ここは私が言うべきことよ。本当にありがとう、フェリシア。それからこれを――」

「これは？」

リーズリットから渡されたのは小さな包み。貴族らしく上品な布だ。

「アプリコットの種。あなたの故郷にもきっと植えて」

「ありがとうございます」

「それからこれはクラウスから」

「わあ！　スパイス、それにハーブ！」

ブラックペッパー、オレガノ、ローリエ、タイム。これだけたくさんのハーブがあると料理も捗《はかど》るというものだ。

「これでおいしいスープとシチューが出来る！」

思わずはしゃいだ私に、リーズリットはくすりと笑った。これではどちらが年上か分かったものじゃない。

「カナン殿。本当にありがとうございました」

領主様である父親はカナンに握手を求めた。

どちらの手を出すべきか迷っていたが、最後はちゃんと右手を出して握手が出来た。

——一体、この二人に何があったんだろう。

「あなた方のこれからの旅に、〈名もなき英雄〉のご加護がありますよう」

領主様は、かつて私が船で出会った行商人のように、両手を組んで祈りを捧《ささ》げた。

そして橋を越えたその先で私たちが見えなくなるまで、彼らは手を振り続けた。


町を出てから半日。

私の足取りは軽かった。

何だか久々に魔法使いらしいことが出来て、ちょっぴり誇らしい。魔法はあまり使わなかったけれど、いい事をして気分が晴れ晴れだ。

「そうだ、結局カナンとザリウスは何をしてたの？」

「屋敷《やしき》に人がいない状態でないと出来ないことだ」

「屋敷？」

まさか金目の物を盗んでいたとか。しかしカナンもどこかすっきりした顔をしている。

「あの家はもう大丈夫だ」

「え？」

「地下に眠っていた魔物が瘴気《しょうき》を放っていた」

「はい？」

地下に魔物？

「もう討伐した。あれが放つ瘴気が肺によくない影響を与えていたんだろう」

そういえば真夜中に何かザリウスとこそこそ探っていた。父親もあんなに深くカナンに感謝していたことを思えば納得がいく。

「そんな大事なこと。ちょっとは教えてくれても——」

カナンはちらりとこちらを見てすぐに視線を戻した。

「邪魔をしては、悪いかと思った」

せっかくのお嬢様の思い出作りに、魔物なんて全部台無しになる。

私が眠る部屋の外に立っていたのもきっと魔物から守るためだ。魔物がいることなんて全く思いも寄らず、私は安眠していた。

「屋敷を半壊させれば一晩で決着がついたんだが」

「そうしなくて良かったよ、本当に」

その上、領主様からもたっぷりと謝礼を貰《もら》ったので路銀にはしばらく困らなそうだ。

『本当ですよ。坊ちゃんが屋敷で暴れるなと言うので、毎晩毎晩、あのザコと追いかけっこをした身にもなってください』

ザリウスはカラスの姿に戻っており、ぐーと羽を伸ばした。

『ネズミごときにどれだけ時間がかかっているんだい、情けないねえ』

『何もしていないやつが偉そうに！』

サーミャの軽口にザリウスは噛《か》みついた。

カナンは初めから屋敷の異変に気が付いており、私が牢屋《ろうや》に繋《つな》がれている間に、領主に魔物の存在と令嬢の病気の正体を伝え、正式に依頼を受けたそうだ。魔物を毎晩のようにザリウスが追いかけ、逃げ道を塞いで回り、退路を断ったところでカナンが仕留めた、というのが魔物討伐の顛末《てんまつ》だった。

「何で気が付かなかったんだ、私！」

魔法使いなのに、魔物の探知も出来ないなんて恥ずかしい。しかしカナンは、それは仕方ないと慰めた。

「これはドゥーシカという、金持ちの家に勝手に住み着く魔物だ。ネズミと同じ気配だから気付かれにくいんだ」

「ちょっと、何で捨ててないの！」

革袋に入った死骸をカナンは躊躇《ちゅうちょ》なく取り出した。それはぐちゃぐちゃでもはや原形を止《とど》めていない。

「臭い！」

きゅう、と肩に乗っていたハリネズミはあまりの悪臭でひっくり返ってしまった。

「ああ！　オーリトーリ！」

「これの骨は高く売れる」

「分かった、分かったから早くしまって！」

第三話
孤独なクジラ

朝霧に包まれた森の中。

私がまだ世間というものを知らない、日が暮れるまで森の中で遊び回る子どもだった時。

白い妖精のような少年と時々会っていた。待ち合わせはしない。

彼はただ佇《たたず》んで私を待っていた。どこから来たのか、名前は何というのか尋ねても彼は答えなかった。

けれどこの退屈な森の中で出会える数少ない友達だったことは覚えている。

私はおばあちゃんから聞いた冒険譚《たん》を話したり、使えるようになった魔法を見せたり、私が振り回してばかりだった。

故郷の〈守り人の森〉が近いから思い出したのだろうか。

「――懐かしい夢」

残念ながら顔はよく覚えていない。ただ、妖精と勘違いする程だから顔立ちは整っていたと思う。

しかしある日を境に彼は森に現れなくなった。今思えば、もしかすると本当に妖精だったのかもしれない。

悲しい気持ちを振り払うように、私は大きく伸びをして体を起こした。

その少年と一緒によく食べていた焼き菓子を久しぶりに作ってみたくなったのだ。

「よし」

髪を三つ編みに結い、私はテントを出ていつも通り食事の支度に取り掛かった。

魔法使いの携帯食チジル。

花弁に溜《た》まった露を見つけたら小瓶に入れておく。

小麦粉と数種のナッツ、溶かしたバターを用意。

それに露とティースプーン一杯の砂糖と少しの塩を加えてよく混ぜる。持ちやすいスティック状に形を整える。鉄板で強く焼く。この時に鉄板を熱し過ぎないことと、あえて油を引かないことがポイント。四面しっかり焼いて、笹《ささ》の葉でくるんで出来上がり。

レシピの最後に祖母のメッセージが書かれている。

『お手軽で日持ちもするから旅のお供としてはうってつけ』

歯ごたえはクッキーに近いが崩れにくく割れにくい。それに材料で応用がきくので、私はよくアレンジしていた。

私たちは運よく通りかかった荷馬車に乗せて貰うことが出来たので、馬車に揺られながら空腹を紛らわせた。

どうやらカナンはチジルがお気に召したらしい。六本用意したのだが、あっという間に食べ終わってしまった。

「この甘酸っぱいのがいい」

「干しイチジクと木苺《きいちご》を混ぜたからね。好きでしょ？」

「――え？」

「好きでしょ、これ」

私が得意げに訊《き》くと、カナンは戸惑いながら答えた。若葉色の左目が揺らいでいる。

「――そう、だな。好き、かもな」

「私もおばあちゃんの作るお菓子の中でも一番好き」

学校ではこれが好評で、売ってお小遣いを稼いでいた。

もう冬が始まるから、体を温めるためにハチミツとジンジャーとか入れてもいいかもしれない。

「おばあちゃんはメープルシロップをよく混ぜてたっけ」

『なんだ、それは』

「カエデから採れる甘くておいしい樹液だよ。魔界にはないの？」

『知らん！　俺は干し肉入りの方が好きだ。もっとよこせ！』

にゃむにゃむと咀嚼《そしゃく》音を立ててザリウスは干し肉入りのチジルにかぶりついていた。

カラスの嘴《くちばし》では食べられないからと、最近はわざわざ黒い毛玉の獣の姿になっていた。猫なのか犬なのかよく分からないが、手足が短くて耳が長い。こんなに夢中になって食べて貰えると何だかザリウスが可愛《かわい》く見えてくる。

サーミャは当たり前のように私の膝の上に乗ってチジルを食べ始めた。ザリウスと違って食べこぼさなくてお上品だ。

『これがレシピかい？　なんだ、随分とボロボロじゃないか』

祖母の遺《のこ》したレシピ本は綴《つづ》り紐《ひも》で結んで厚紙で挟んだだけの、本とは呼べない冊子だ。しかもページが紛失していたり、汚れていたり状態は良くない。

「私が小さい時からボロボロだったの。いくつかページは抜けているし。お人よしだったから色んな人にあげちゃったのかも」

『取り返すのか？　宝を奪い返すなら協力するぞ。報酬次第でな』

ザリウスは勝手に私の分のチジルを食べ始めた。まったく魔物の考えは乱暴だ。

「別にいいよ。おばあちゃんは理由があって渡したんだと思う。それにおばあちゃんなら

『私のレシピに頼らないで自分で考えなさい』って言うよ」

祖母はああしなさい、こうしなさいと口うるさいことは言わなかった。季節を楽しみ、命の営みを教え、いつか森の外で生きていくだろう孫娘に最低限の処世術を教えた。しかしそれ以上に祖母がかつての仲間たちと過ごした冒険譚は、幼少期の私の世界を彩った。

「このチジルはおばあちゃんが冒険している時に考案したんだ。魔界の食べ物だって料理出来ちゃうくらい凄《すご》い人だったし、魔界の植物も育てていたんだから」

『はっ。人間が魔界のものを食べるなんて、どうかしている』

ザリウスは小馬鹿にするが私は大真面目に答えた。

「でも、あれのお蔭《かげ》で私は生き残れたの。ラスコヴニクに、月光芥子《けし》の実、バロメッツ。魔界の食材は人間には嫌われるけれど、私は好きだったし、生かしてくれた恩もある」

『そんなものをどこで手に入れたんだい？』

「さあ、どうだろう。きっとおばあちゃんの昔の冒険仲間が分けてくれたんだと思う」

口に頬張りすぎて咽《む》せたザリウスの介抱をしていたカナンがぽつりと呟《つぶや》いた。

「フェリシア。次の町で食料は十分に買っておいてくれ」

「どうして？」

「行きたい場所がある」

カナンは首にかけた小瓶を握り、何かに思いを馳《は》せているようだった。

＊

北の大陸でも砂漠は存在する。

この銀灰色の砂原は災厄の時代の前は広大な草原だったという。草木が少しも残っておらず、でたらめに広がる砂漠は〈飢餓の怪物〉の影響がこの世界にもたらした被害がどれだけ壮絶だったかを物語っている。人々が住む場所を奪い、地図さえも描き換えたのだから。暑さとは無縁だが冷たく乾いた空気は肌と喉をひりつかせた。まるで濡《ぬ》れない雪の上を歩いているようだった。

それでも砂漠を越える旅人や行商人のために笹船の停泊所があるだけマシだろう。商売なのだから仕方ないが、往路だけで金貨五枚も払ったのは少々痛い。

砂を走る笹船に帆を張って風に任せて進む、快適な旅になるはずだったのだが――。

「何で、こんなことに！」

私は心の底から叫んだ。

突如、嵐と共に現れた魔物の群れに襲われ笹船は大破した。

全身が硬い鱗《うろこ》で覆われた魔物の群れ。

狼《おおかみ》のような姿形をしたその魔物は私たちを見つけるなり襲い掛かり、日が暮れてからずっと追いかけ回されていた。

大きく裂けた口と鋭い牙、そして何より不気味な顔の中心にある赤い目玉。油断をしたら一瞬で噛《か》みつかれてしまう。

あんな気味の悪い魔物は見たことがないし、魔法学校でも習っていない。

光魔法で大概の魔物はひるむのに、この魔物たちには効果がない。

攻撃魔法もあの鉄のように硬い鱗が弾いてしまうし、しなやかな四肢は身軽に攻撃を避けていく。

余程硬いのか、シーサーペントの首を落としたカナンでさえ刃が通り辛《づら》いようで斬り落とすのにかなり力を込めている。一頭ずつ倒すのに手間取っていた。

魔法で攻撃をしても硬い鱗は悉《ことごと》く弾いていく。

――こんなことなら、カナンとの連携を考えておくんだった。

「ああ、しつこい！　サーミャ、ザリウス。同じ魔物なら説得してよ！」

『あんな頭の悪い連中に言葉なんて通じるものか』

『それよりもっとちゃきちゃき走りな！』

「砂は走り辛いの！」

この使い魔は本当にいつ役に立つのだろう。

息を切らして走り続けていると、巻き上がる砂塵《さじん》の中に巨大な影が現れた。

「あれって、迷宮都市フォルデの遺跡？」

昔は草原の中にあった古代都市の遺跡。石造りの城は砂漠化のせいで砂に埋もれ、揺らいだ地盤のせいで高い塔は斜めに傾いている。

こんな状況じゃなければゆっくり観光と探索をしたいのに。

私に飛びつこうとした魔物の首をカナンは斬り落とした。魔物の血は剣を錆《さ》びつかせて、剣が刃こぼれする。

このままでは剣が折れてしまうのも時間の問題だ。何かいい魔法は……。私はカナンの背後に張り付いて杖《つえ》で魔法をかけた。

「――っ、フェリシア、離れてろ！」

「魔法をかけてるから、ちょっと待ってて」

長い刃に魔力を流して魔物の血による錆《さび》を剝がす。刃が少し削れてしまったけれど、欠けた部分を薄く鋭くさせれば切れ味は元に戻る。

一度に魔物を二体斬り落とせる程に切れ味が上がり、剣を振るったカナン自身も驚いていた。

「遺跡の中まで走れ」

カナンはしんがりを務め、私は重厚な石の扉のある遺跡めがけて走った。魔物は怯《ひる》むことなく執拗《しつよう》に追いかけてくる。

「カナン、早く！」

　カナンがギリギリまで魔物を斬り扉の中に入った瞬間、隙間から首を飛び出させた魔物が力任せに入ろうとこじ開けてきた。ザリウスが必死に魔物の目を突いて時間を稼ぎ、私は力いっぱい門を押した。

『扉を閉めろ！』

「分かってるよ！」

　カナンがすかさず身を翻して処刑人のように魔物の首を落とし、ようやく扉が閉まった。全員は同時に深いため息を吐き、私はへたりこんだ。

「も、もう無理」

　サーミャはよしよしと撫《な》でて褒めてくれた。

『やるじゃないか。さっきの魔法は何だい？』

「鍋の錆を落とす魔法。まさか剣にも使えるとは思わなかったけど」

『ふん、人間の小娘にしては、いい思い付きだな』

　よろよろに疲れてもザリウスは偉そうだ。

「素直に褒めてよ」

「助かった」

「お互い様だよ。でも、もうああいう魔物には会いたくないな。あの魔物は何？」

「――知らない」

「カナンたちでも知らないの？」

「名前のない魔物は多い。それに――」

カナンは少し躊躇《ためら》っている。

「新たに生まれる魔物もいる。特に強い魔物の死骸からは、生まれやすい」

「えっと、魔王が授けた羽化の権能だっけ？　本当に迷惑」

普通の魔物なら絶命すれば灰になるが、強い魔物の死骸からは新たな魔物が生まれる。強い魔物を作るために魔王が眷属《けんぞく》に与えた権能だという。カナンに愚痴を言っても仕方ないが、迷惑極まりない。

『それよりも、休めるところを探そうじゃないか。どうやって外に出るか考えないとねえ』

「そうしよう、もうへとへとだよ」

遺跡の中は廊下も部屋もめちゃくちゃな高低差で、広くて複雑で本当に迷宮のようだった。緻密な彫刻が施された石造や彫像。光が差し込まないこの場所は何だかとても息苦しい。

『墓のようだな』

ぽつりと呟いたザリウスの言葉どおり、まるで墓所だ。

「これじゃ食料はなさそう。がっかりだ」

『代わりに財宝でも奪っていけばいいじゃないか』

「それはいいけど、荷物になるし換金するのも大変なんだよね」

「食料はもつか？」

私は指を折って食料を数えた。

「うーん、二日分かな。それまでにこの迷宮を抜けないと」

「そうか。俺は食べなくても動ける」

どうやらカナンは食料がなくなることを心配しているらしい。人間と違って魔族は空腹に活動を左右されない。万が一この遺跡から出るのに日数がかかったら、カナンたちは問題なくても人間である私には活動限界がある。しかしそんな心配は無用だ。

「大丈夫。オーリトーリは導きのプロだから。一日あれば外に出られるよ。ね？」

私の呼びかけに応じないオーリトーリはすぴすぴと頭の上で眠っていた。

『本当に大丈夫なんだろうな？』

ザリウスはじいっと怪訝《けげん》そうに私を見つめる。

いくつもの扉の開かない部屋を通り過ぎ入り組んだ廊下を歩いて、ようやく休憩できそうな場所を見つけることが出来た。

「あそこなんかいいんじゃない？」

階段下にある窪《くぼ》みにテントを張ったまま焚火《たきび》をした跡がある。都市に眠る魔導書を求めたキャラバン隊がいたという噂《うわさ》もあるし、きっとここに立ち寄って休憩したのだろう。

やっとこれで食事が摂《と》れる、と逸《はや》る気持ちを抑えられずテントに駆け寄った。

「っ、待て、フェリシア！」

「え？」

私の背後に音もなく忍び寄った影は、巨大な蜘蛛《くも》の魔物。

黒い体軀《たいく》に刃物のように鋭い前足。無数の赤い目はぎょろぎょろと動き、瘴気《しょうき》を放っている。

――落ち着いて、大丈夫。至近距離なら目くらましをすれば……。

私は咄嗟《とっさ》に魔物に杖を向けたが、杖の魔鉱石は反応しない。

「うそ……」

魔法が発動しない。魔力切れの痺《しび》れにどうして気が付けなかったんだろう。さっきの魔物の群れを追い返すのに魔力を使い果たしてしまったのだ。

何も出来ずに絶望して立ち尽くすしかない私の前に飛び出したのは小さな使い魔。

蜘蛛の前に立ち威嚇する私の使い魔、オーリトーリ。敵《かな》うはずのない敵を前に、なす術のない私を庇《かば》おうとしているのだ。

「だめ！　オーリトーリ！」

瞬間、蜘蛛に蹴り飛ばされてオーリトーリは壁にぶつかり気絶した。

「そんな――」

　私の頭は真っ白になった。

　殴られたような衝撃。私の頭にも響いて、私は恐怖を忘れ、動かなくなったハリネズミの上に駆け寄った。

「伏せろ、フェリシア！」

　カナンが蜘蛛の背に跳び、大剣は蜘蛛の体を貫いた。甲高い悲鳴を上げた蜘蛛は暴れたがすぐに絶命して灰となった。

「カナン、サーミャ……どうしよう」

『なんてこと』

　ぐったりとしたオーリトーリの腹は裂けていて、真っ赤な血を流している。小さく荒く呼吸をしている。

　あれだけ教本で読んだのに、何をしたらいいか思い出せない。

「どうしよう」

　治癒魔法が発動できない。

　手が震えて眩暈《めまい》がする。魔力切れの症状が進行している。どうしよう、このままではオーリトーリが死んでしまう。私の使い魔はどんどん冷たくなっていく。

「すまない、俺の不注意だ」

「カナンのせいじゃない！　私が……」

　私の注意が足りていなかった。カナンが間に合うまでの数秒の間、オーリトーリが時間を稼いでくれていなければ、私が重傷を負っていた。

『やれやれ、仕方ないねえ』

『グズグズとしていると間に合わない』

　サーミャは私の肩に、ザリウスは杖の上にとまった。

「な、何をするの？」

『私たちの魔力を貸してやる。いいかい、魔力を同調させるんだ』

「でも、私。魔物と同調したことなんて、ない」

『会話出来ている時点で同調できるだろ？　ほら、集中して』

　サーミャの声音は子どもをあやすように優しい。私は急いで杖の魔鉱石からゆっくりと泡のような木漏れ日の光を放った。

　想像できない魔法は使えない。私が今諦めれば、オーリトーリは絶命してしまう。

　──もし、オーリトーリが死んでしまったら、私は……。

　治癒魔法は使い慣れているのに、私の動揺で魔力が揺らいで分散してしまう。するとカナンが震える私の手に手を重ねて語り掛けた。

「カ、カナン？」

「フェリシア、息を整えろ。お前なら出来る」

「──うん」

私の最後の家族を助けなければ。もう、私のあやまちで家族を失いたくない。私は深呼吸をして、もう一度魔法をかけた。手の震えは止まり、じわじわと広がる血と傷をオーリトーリの中にゆっくりと包み込むように閉じ込める。傷が次第に癒えていく。

小さな口からけぷ、と音がした。

「オーリトーリ！」

私の呼びかけにハリネズミはすぴすぴと鼻を鳴らし、小さな手で私の指を握る。よかったと安堵《あんど》の言葉を口にする前に、私は体の力が抜けて気絶した。


野菜スープの匂いがする。

私は何故《なぜ》か食卓の上にいて、そこから眺める景色をよく知っていた。

私の家だ。魔法の木で造られた小さな家。

テーブルに三つの椅子。天井にある数十のハーブの束。棚の上では精霊たちが戯れている。

私を育ててくれた、魔法に満ちた家。

この時の私はまだ知らなかったんだ。〈飢餓の怪物〉に世界が脅かされていたことを。

そんな不安を感じさせないようにおばあちゃんは当たり前のように森を守る結界を作って、森と私の生活を守っていた。

私は小さい私を見ていた。きっとオーリトーリが見ていた景色だ。

無邪気で小さい私は、最愛の祖母の膝の上で祖母が作ったレシピを絵本のように読んでいた。レシピに綴《つづ》られた冒険の一節を見て私は祖母に尋ねた。

「これは仲間と共に食べたスープのレシピ。仲間のエルフが好きでね。これを食べると一緒に見た景色も思い出せる気がするんだ」

「何を見たの？」

「広い夜空をまるで海のように泳ぐ大きな生き物だ。想像できる？」

「ええ？　分からない」

「いつか、フェリシアも見に行くといい」

「うん！」

「さあ、じゃあそのスープを頂こう」

それから小さい私は祖母に甘えて抱えられたまま、一緒にスープを食べた。

今はもう望めない、懐かしくて悲しい、温かい記憶。

夢の中で嗅いだスープと同じ匂いで私は目を覚ました。

「いい、匂い」

石壁に囲まれたそこはどこかの部屋の中。

私はローブを枕にして寝ていた。私のではなくカナンのものだ。火を焚《た》いていたカナンは木のスプーンで鍋を混ぜている。

「カナン？」

「起きたか。ここは一応、安全だ」

「――っ、オーリトーリは？」

「息はある」

私の傍らでオーリトーリはくぷくぷと寝息を立てている。

まるで子どもを育てる母親のようにサーミャは細長い体で寄り添ってくれていた。ザリウスは嘴《くちばし》で器用に塗り薬を取り出していた。私の旅行鞄《かばん》の中身はひっくり返っていて、ザリウスが必死に探してくれたのだろう。

『荷物の整理くらいきちんとしておけ！　見つけるのにどれだけ苦労したと思っているんだ！』

「痛い！」

ザリウスは私が目を覚ますなり、私の頭を嘴で突《つつ》いた。

「血は止まったが、まだ傷は残っている。こいつの目が覚めるには時間がかかるだろう」

「じゃあすぐに魔法を――」

起き上がり私は杖《つえ》を取ろうとしたが、カナンはそれを取り上げ座らせた。

「先に食事だ。こいつにはまだ治療が必要だし、お前が魔法を使えないと、こいつも助からない」

「でも、少し寝たら回復したから大丈夫」

「また魔力切れで気絶されたら困る」

『坊ちゃんの言うことが正しい。それに腹の虫が騒々しい』

「あ……」

体は正直で、魔力を使い果たした私は栄養を求めていた。

スープのいい匂いが余計に私の空腹を刺激する。カナンは手際よくスープの仕上げをして木皿によそって、私に差し出した。具材がたっぷり入ったスープはブラックペッパーとローリエのいい香りがする。

「これ、カナンが作ったの？」

「ああ、見様見真似《みようみまね》だが」

具材にはセロリとベーコン、数種の根菜。これだけ主張の強い食材を一緒に煮ても喧嘩《けんか》していない。ほんのりした苦みと塩味、根菜の甘み。

体が一気に温まってほわあ、と思わず頬が緩む。

いつも作っている側だと何が入っているか分かるから、こんなに食事に驚きがあるなんて知らなかった。スープを口に運ぶ手が止まらなくて夢中で食べてしまう。

「う……」

「そんなに慌てて食べるな、消化に悪い」

喉を詰まらせた私にカナンは慌てて水を差しだした。

『まるで母親みたいだねえ、坊ちゃん』

『ありがたく食べろよ、小娘！　坊ちゃんの手料理など滅多に食べられるものではないからな！』

「わ、分かってるよ！」

そうか、焦がしバターを使っているんだ。後から味付けをする私とはまた違う工夫だ。

悔しいけれど……。

「おい、しい」

「そうか」

「でも、セロリがちょっと硬いかな」

「善処しよう」

私の悔し紛れの感想に、カナンはくすりと笑った。

「でも、ありがとう」

私ははなをすすりながらスープを飲んだ。

そうか、味が分からなくてもレシピどおりに作ることは出来る。私の持っているレシピにはこのスープの作り方は載っていないけれど、カナンも料理の一つや二つは知っていたのだろう。それも材料を贅沢《ぜいたく》に使う訳でもなく、限られた食材を使っている。

その上、不思議なことに私が作ったスープよりも魔力の回復が速い気がする。

「おばあちゃんが作ってくれた料理に似てる、かも」

祖母が作ってくれた料理には時々、不思議な食材が使われていた。

庭の中にはミルクが溜《た》まる木の実と、キレイな水が溜まる水の花。

それはきっと魔界の物だろう。

私が生き残れたのは枯れにくい植物のおかげだ。

おばあちゃんのことを思い出してしまうくらい、このスープはどこか懐かしい。

「魔族に助けられて、スープまで作ってもらうなんて思わなかったな」

足手まといになった同行者を見捨てることは冒険していく上では決して珍しくない。

それどころかカナンたちは安全な場所を確保して、私を寝かせて怪我《けが》をした使い魔まで介抱した。

『次にヘマをしたら今度こそ捨てていくからな！　人間に魔力を貸すなんて二度とするものか！』

「ご、ごめんなさい！」

ザリウスはぎゃいぎゃいと耳元で騒ぎ立てた。

「あの蜘蛛《くも》、どうして探知出来なかったのかザリウスは分かる？」

『知らん！』

ザリウスは使い終わった塗り薬を私の旅行鞄に投げつけ、そっぽを向いた。

『許してあげてくれ。探知はあいつの専売特許だ。気が付けなかったことに一応責任を感じているのさ』

サーミャはこれだから若輩者は、とぼやいた。

『まあ、気配を知らない相手じゃ無理もないさ』

「あの魔物も、カナンたちは知らないの？」

「人がいた形跡をそのままにして、おびき出そうと利用した。俺を警戒してフェリシアと距離を取ったところで現れたのも、あの魔物にそれなりの知恵があったからだ」

カナンは至って冷静に魔物の分析をした。魔力を失っているとはいえ、魔族であるカナンに怖いものなど何もないのだろう。

けれど私は怖い。あんなに近くに魔物がいたのに気配も感じなかった。

「この迷宮の壁、多分魔力の感知が出来ない鉱石が使われているんだと思う」

『お前がポンコツなだけだろう』

今回は返す言葉もない。

「そうだね。ザリウスたちにも迷惑をかけちゃったね」

「——ザリウス」

カナンのひと睨《にら》みにザリウスは委縮し、その低い声に魔族らしい冷たさを感じて私も少しばかり恐怖した。サーミャがこほんと咳払いした。

『坊ちゃん、おチビ共は小心者なんですから、それくらいにしたらどうです？』

カチコチに固まってしまった私とザリウスを見て、カナンははっとした。

「す、すまない」

『坊ちゃんは自分が怖い存在だと自覚してくださいな』

結局サーミャのお説教が効果覿面《てきめん》だ。

魔力がようやく回復した私は、早速オーリトーリに治癒魔法をかけた。

『今時、ハリネズミを使役する魔法使いは珍しいんじゃないか？』

「そうだね、今は戦うために使い魔を使役する魔法使いがほとんどだから」

攻撃手段を持たない使い魔は珍しい。使い魔は主の力を補うための道具、というのが一般的な魔法使いの考え方だ。でもおばあちゃんと私は違った。

「この子は元々おばあちゃんの使い魔で、昔は人にいじめられて、弱っていたところを冬の寒い日におばあちゃんが助けたんだって」

「そうか」

「私の五歳の誕生日に譲って貰《もら》ったの。だからオーリトーリはおばあちゃんから貰った大事な宝物で親友」

カナンはそっとオーリトーリの背に触れた。魔族とは思えない程、優しい手つきだった。

「一度助かったんだ。二度目も助かる」

少しだけ跡が残ってしまったけれどようやく傷が完全に塞がった。魔法使いと使い魔の繋《つな》がりを示す、サシェから薬草を取り出してオーリトーリの額に息を吹きこんだ。

ハリネズミはゆっくりと瞬きをして私を見てにこりと笑った。

「オーリトーリ！」

いつもみたいに鼻をひくつかせて、心配しなくても平気だと伝える。

「もう二度とあんなことしないで。これは命令」

オーリトーリは小さい眉間にしわを寄せていやいや、と首を横に振った。

「本当に頑固なんだから」

私は思わず頬ずりした。チクチクするけれどこの痛みが今は心地いい。

「サーミャとザリウスも、魔力をくれてありがとう」

私はぎゅう、とカワウソとカラスをまとめて抱きしめた。

『苦しい』

『——痛い』

文句を言いつつ、彼らは抵抗せずに私の腕の中にいる。彼らの言葉も体も温かい。

「よかったな」

カナンは屈《かが》んでオーリトーリに触れるよりも少し強く、親が子どもにするように頭を撫《な》でた。もっと触って欲しくなるような手つきだ。涼し気な目元を間近に見ると顔に熱が集まって私は後ずさりして慌てて誤魔化した。

「あ、ああ！　お腹《なか》また空いてきちゃったなあ」

私は小鍋いっぱいに作っていたスープをよそった。カナンは気に入ったのなら何よりだ、と自分は食べずに焚火《たきび》を挟んで私の向かいに座った。

私はスープを食べて魔力が回復したせいか、頭が回るようになってふと思い至った。

「そういえば、どうやって私をここまで運んだの？」

「それは——」

『それは、ほら分かるだろう？　お姫様抱っこというやつさ』

にまにまとしながらサーミャがジェスチャーをする。

『あんなに戸惑った坊ちゃんは久々に見て大笑いしたねえ』

サーミャは思い出し笑いをしていたが、カナンに首を摑《つか》まれた。

「お前は本当に俺の従者か？」

『おや、坊ちゃん。私はザリウスみたいに従順じゃないこと、知ってるくせに』

くすくすとサーミャはわざとらしく両手で口元を押さえた。

「……」

「あ、はは。なるほど、そういうことね」

私はカナンと目が合わせられず、ひたすらにスープを食べた。


私たちは休憩を挟みながら探索を進め、出口を探した。

魔法で勝手に動くギミックの石床や追いかけてくる石像。湧いて出てくる魔物を相手にしながら先へと進む。ザリウスのマッピングのおかげで別の巨大蜘蛛に遭遇することはなかった。

そもそも行先についてわざわざ砂漠を選んだのはカナンだ。町はなく、魔物も多い。安全とは言えないこの場所を選んだ理由が気になる。迷宮に眠るという財宝に興味があるとも思えない。こんな苦労をして進む程、カナンには見つけたい物があるのだろうか。

カナンと過ごして三か月が過ぎようとしているが、何かに強い感情や思い入れを示すところを今まで見たことはなかった。

有識者であればこの迷宮は大変興味深いものだろう。

日が差し込まない閉ざされた迷宮では今が昼か夜か分からない。

「悪いが、ゆっくりしている時間はなくなった」

仮眠を取っていた私を、カナンは少々乱暴に起こした。

「ふえ？」

私は寝起きで重い頭と体のまま迷宮の中を何故《なぜ》か走っていた。まるでカナンは何かに追われるかのように焦っていたし、只事《ただごと》ではない。カナンでさえ敵《かな》わない魔物が潜んでいるのだろうか。

ザリウスに誘導されるまま、右に左に、上に下にと通路と階段をぐにゃぐにゃと走った。

『そこを左です、坊ちゃん』

今までで一番長い廊下を走って私はもう足がもつれて倒れそうになった。

これで空腹で倒れたらカナンの分まで食べてやる！

廊下の先は行き止まり、ではなく木製で出来た扉。カナンは躊躇《ためら》うことなく扉を開けた。

しかし扉を開けた先は高い塔の中。私たちは地下にいたはずなのに。

「一体、どうなってるの？」

間違いなく外に出られたのだが、風が強くて油断していたら真っ逆さまに落ちてしまいそうだ。流石《さすが》は迷宮。空間の繋がりがめちゃくちゃだ。

高く聳《そび》える塔の中腹辺りの扉に出られたものの、階段はないし、下りられそうなツタもない。

しかも外は夜だった。

「ええ？　てっきり昼間かと思ったのに」

私は混乱したものの出られた安堵《あんど》で一息ついたのだが――。

「ちょうど時間だ」

カナンは突然私をひょい、と抱えた。

「え？」

「行くぞ」

「ちょ、ちょっと！」

「時間がない。口を閉じていろ、舌を噛《か》むぞ」

「はい？」

塔のてっぺんへと私を抱えて壁をものともせずに跳躍した。魔族の身体能力、恐るべし。

しかも二度目ともなると抱える手際も良くて躊躇いがない。抵抗する間もなく振り落とされまいと私はカナンの服にしがみつくしかなかった。

塔には座れる程の足場はあったが風がローブを巻き上げられ、カナンを掴んでいないと危険だ。

「目を開けろ」

「む、無理！」

「早くしろ」

私は恐る恐る目を開け、カナンと同じ方角を見上げその光景に息を呑《の》んだ。

「わ、あ！」

満天の星。飛び交う流星。そして広がる星の海の中を泳ぐ巨大なクジラ。

幻のように淡く、冬の空で見たオーロラのような光を放っている。夜に溶け込む優しい光だ。

星を呑んだクジラは夜空を優雅にゆったりと泳いで進んでいく。星の海を渡り、遠く仲間を呼んでいる。

「綺麗《きれい》」

おばあちゃんがもう一度見たいと言っていた、かつての仲間たちと見た大きな生き物だ。〈飢餓の怪物〉の出現で、世界の空は黒雲に覆われたせいで星の一つも見ることは出来なかった。こんな幻想的な光景なんて夢物語だっただろう。

私はカナンに合わせて塔の上に腰を下ろした。

「お前に、これを見せたかった」

「――え？」

私に何かをしたいとカナンが思っていた、ということに驚きすぎて私はカナンを凝視した。誰かのために何かをしたいと思う。そんなことを魔族が思うはずがない。カナンはやっぱり何かが違うのだろう。

夜空が映るカナンの瞳も言葉に出来ない程に綺麗だ。何だか惑わされても悪い気はしない。

「見てみろ」

カナンは空を指さした。

クジラが潮を吹き、呑んだ星を雨のように散らした。

きらきらと星の欠片《かけら》が降ってくる。砂糖菓子のように小さくふわふわと光っている。私はそれをキャッチしたが光はどんどん小さくなっていく。

「え、き、消えちゃう！」

「水は出せるか？」

「魔法でいいなら。でも杖《つえ》がないと」

「持ってきている」

跳躍した時にカナンは杖も鞄《かばん》もまとめて持ってきていたらしい。予見していたみたいに用意がいい。

コップを出してとん、と水を入れてそこにぽちゃんと星の欠片を落とした。しゅわりと音を立てて小さな泡を出した。まるで夜空を閉じ込めたようでとても綺麗だ。光は再び息を吹き返し、コップの底をくるくると回っている。

「飲めるのか？」

「甘い匂いがするし、これは飲める！」

ごくり、と私は一息に飲んだ。

口当たりは爽やかで、甘い砂糖水のようだが後味はまるでミントのよう。レモンのような酸味もあって夏に飲みたい一品だ。

「お、おいしい」

カナンにコップを手渡すとカナンはぎょっとした。この反応は新鮮だ。

「え、飲んでよ！」

「いや、俺は──」

「魔力が戻るかもしれないんだから」

「そ、そうだな」

カナンはコップが口に触れないようにコップの水を流し込んだ。

「どう？」

「──分からない」

「味は？」

「しないような、するような。少し口がスースーする気がするが……」

どうやら微妙らしい。カナンは顔を顰《しか》めて首を傾《かし》げた。

「少しは味がするってことかな？」

何だかこのままでは不憫《ふびん》だ。せめて味だけでも取り戻せる魔法があればいいのだが。

クジラが再び鳴いて頭上を通り過ぎるところまで近づいて来た。私たちを呑み込むような星雲が迫ってくるようで、少し怖いくらいだ。

これを見たおばあちゃんはどんな気持ちだったんだろう。

おばあちゃんももう一度見たかったはずだ。仲間との冒険譚《たん》に思いを馳《は》せて、何より再び災厄の時代の前の平和な時代が訪れることを待ちわびていたはずだ。

けれどそれはもう叶《かな》わない。

「私のせいなの」

ぽつりとこぼした自分の言葉はもう止められなかった。

カナンは私の昔話に耳を傾けた。

「私が森から出ない約束を破ったから魔物が村に現れた。私の代わりにおばあちゃんが聖騎士団に連れて行かれて……」

二度と戻ることはなかった。

魔物と通じたと疑われ、そんな魔法使いを聖騎士団は許さなかった。

〈飢餓の怪物〉のせいで魔物を危険視していた聖騎士たちの行動はより過激になり、証拠がなくとも噂《うわさ》一つで片付けようとしていた。今になれば、それがどれだけ異常なことだったのか十分に分かる。彼らを許したわけではないが、自分が迂闊《うかつ》だったために大事な人を失ったことに変わりはない。

「――そうか」

抑揚のないカナンの口調に今は救われる気がした。長い時間を生きる魔族にとって人間の死はありふれたことだと聞き流してくれるだろう。

きっと私は、〈名もなき英雄〉に自分の料理を食べて貰《もら》うことで罪滅ぼしになると心の底で思っている。おばあちゃんを失った罪悪感も薄まるだろうと勝手に思い込んでいる。

私は膝を抱えて蹲《うずくま》った。

〈名もなき英雄〉は生きているだろうか。

すでにこの世にいないと断言する人は多い。

素性を明かさないのは旅をして世界を放浪しているからなのか、それとも体を休めて姿を隠しているからなのか。

おばあちゃんは見られなかったけれど、せめて英雄はこの素晴らしい空を見ることが出来ていたなら嬉《うれ》しい。

「フェリシア」

「――何？」

「この場所はこの瓶をくれた魔法使いが教えてくれた。星の欠片を水に落とすことも――。

それから言いそびれたことがある。これは契約違反になるか？」

「場合によるけれど、何？」

「人を、捜している」

「人？」

やっぱりカナンには他にも何かあると思っていたけれど、まさか人捜しだとは思いも寄らなかった。

「この瓶をくれた魔法使いだ」

「そう、なんだ」

しかも私の同業者だなんて。

「その人の特徴とかは？　早く教えてくれれば魔法学校で伝手《つて》とか使って捜せたのに」

「覚えていない。昔のことだからな」

成程これは苦労する。魔族の昔はきっと百年近くも前のことだろう。

「その人の生死が分かって、魔力を取り戻したら俺は魔界に戻る」

「──そっか」

それがカナンの旅の目的だったのだ。

私が〈名もなき英雄〉を捜しているのと同じように、何かを、誰かを捜すために旅をしているのは自然なことだ。

「契約違反にはならないよ。元々、ちゃんと契約していないわけだし。どっちかが早く目的を果たせたらお別れ、だね」

「お前は、それでいいのか？」

人と魔族は相容《あいい》れないのだ。魔族に惑わされて深みにはまる前に私はカナンとどこかで別れるつもりだった。

「私はカナンと違って危ない旅はしないから、大丈夫」

上手《うま》く、笑えているだろうか。私はいつも以上に饒舌《じょうぜつ》な自分が嫌になった。上手く顔が作れているか分からない。

あと腐れがないようにカナンとはずっと曖昧な関係のままでいた。それでも仕方ない。でも、ようやく旅が楽しくなってきたのに。ああ、どうしてだろう。別れる日が来るのがこんなに怖いのは――。

「あ……」

クジラは空の果てへと姿を消した。どこか遠く、遥《はる》か彼方《かなた》へ空の旅を続けるのだろう。あまりにも短い時間。本当に姿が見られたのは奇跡だったのだ。

孤独なクジラは仲間を見つけることが出来たのだろうか。

第四話　セントエルモの町

魔法でゆっくり温めたミルクは甘くなることを知っている？

凍ったシロップと一緒に混ぜてジンジャーをお好みで。

冬の夜にはこれが一番。きっといい夢が見られるでしょう。


北大陸キャメル山脈。冬の訪れが最も早いとされる標高が高い場所である。

その麓にはセントエルモの町が存在する。災厄の時代が終わりを迎えた瞬間、春が最も早く訪れた場所という言い伝えがあった。災厄の時代で町の名前を忘れられたが、今は〈名もなき英雄〉の光の恩恵を受けたことからそう呼称される。

その光をこの大陸で生まれ育った人は忘れない。そして七年前に英雄が現れたその日はもうすぐそこだ。

「あそこは何と言っても星火祭《せいかさい》の十日間しか現れない町なんだよ！」

私の熱弁に、一人と二匹の使い魔は首を傾げている。

「本当に存在するのか？」

『坊ちゃん。この子はまだ夢見がちな少女なんだよ。妄想くらいするさ』

『仮に存在するとして、どうしてそこまでこだわる？』

「だって、ここは……〈名もなき英雄〉が観測された場所だから」

「観測？」

カナンは大剣を研いでいた手を止めた。

「だ、だからね。ここは〈名もなき英雄〉が現れた空の真下だって言われている丘があって、英雄を讃《たた》えたモニュメントとか、料理がいっぱいあるんだよ」

『それで？』

ああ、もう。これだから魔物は分かっていない。

「ローストチキンとか、プディングとかミートパイ。グラタンにラザニアも！」

使い魔二匹は困ったようにカナンを見た。

「つまり、食べたいのか？」

私が食欲と好奇心に勝てないことをカナンはしっかりと見抜いており、私は急に恥ずかしくなり縮こまった。

「――はい」

「……」

カナンは呆《あき》れているのか戸惑っているのか口を閉ざしたままだ。

「遠回りになるのは分かってるんだけど……。カナンにも絶対損はさせないから、ね？」

目的地である〈守り人の森〉は北東、セントエルモの町は北西。セントエルモの町へ向かうならばかなり時間のロスになる。

「私が魔法学校に渡ったのは春だから。本場の星火祭は知らないんだ」

『人間が多いのはごめんだよ』

『それに食事と言っても、なあ』

ザリウスはちらりとカナンを見た。

「もちろん、カナンも楽しめるように、私がちゃんと食事は作るから」

「そういう懸念ではないんだが――」

『はあ、坊ちゃん。こいつの食欲には勝てませんよ。本当のことを言ってもいいのでは？』

ザリウスに促されてカナンは白状した。

「実は、町の近くに魔物の気配がある。出来れば迂回《うかい》をした方がいい」

「強い魔物なの？」

「――ああ」

「だったら尚更《なおさら》だよ！」

意気込む私に、サーミャは飛び乗って押さえつけた。

『フェリシア。自覚しているだろうが、お前は戦えない魔法使いだ。ここまでの旅で無事だったのは坊ちゃんの力があったからだ。戦えないお前に何が出来ると言うんだい？』

「そ、それは——」

『そうだ。貧弱な人間には無理だ！　足手まといだ！』

「……」

ひっくり返った私の腹の上で、二匹の使い魔はぴょこぴょこと地団太を踏んでいる。

「待て、二人とも。誰も行かないとは言っていない」

「ほ、本当に？」

カナンは淡々と大剣を仕舞い、サーミャとザリウスの首根っこを少々乱暴に摑《つか》んだ。

「その町は吹雪を凌《しの》ぐための場所だったはずだ。いくらお前たちでもこの冬の寒さは耐えられないだろう。遠回りしてでもどこかで休まないとな」

『それは、そうですが——』

「凍死したいなら構わないが」

「そうだよ。小さい二人なんて、私の魔法がないとあっという間に氷漬けだよ。北大陸の冬をなめていたら死んじゃうよ」

『そんなに寒いんだったらそのマフラーと手袋を提供しろ！』

私の脅しとカナンの後押しもあり、サーミャとザリウスは渋々従った。

私はいつになく興奮して心が弾んでいた。

セントエルモの町が開く時、導くように崖に挟まれた唯一の道にはたくさんのランタンが灯《とも》る。十日間の祭りをするためだけに、あらゆる場所からたくさんの行商人や職人たちが訪れている。

「ほら、見て！　言ったとおりでしょ」

崖の上から見下ろす町まで続くその道は早くも賑《にぎ》わっていて壮観だ。

しかし町はもうすぐそこだというのに、行商人たちは立ち往生していた。馬車でも倒れてしまったのだろうか。

崖を下りて行商人たちの様子をうかがった。どうやら何かを待っているようだ。

私は腰を下ろして木彫りをし始めた老齢の職人に声をかけることにした。その傍らには星や雪を模したオーナメントがたくさん詰まった木箱がある。

「おや、あんたたちは？　見たところ商人じゃないね」

「一応、私は魔法使いで、この人は私の護衛です」

「何があった？」

カナンの威圧的な言い方にも職人は驚かず、「魔法使いとは珍しい」と手を止めて快く答えてくれた。

「この先の山の方から奇妙な悲鳴が聞こえるんだとか。それで魔物かもしれないからと、昨日の夜から兵士たちが山に入ったらしい」

「それなら安心、ですかね」

「さあな。金持ちに雇われた余所者《よそもの》らしいが――」

職人は白い息を吐きながらまた木彫りをし始めた。

「それは〈名もなき英雄〉ですか？」

「ああ。このオーナメントが人気なんだ。また春が来てくれるのだと安心するだろう？」

「そうですね、私も好きです」

「はは、そうだろう？　これを見るとどんなに辛《つら》いことも乗り越えられそうだ」

出会いの記念にと職人は英雄と星を模したオーナメントを譲ってくれた。


日が落ち始めて寒さを凌ぐため、行商人たちはその場で焚火《たきび》を始めた。香ばしい肉の香りが漂い気の早い商人たちはワインを開けている。

『これはまずいですよ、坊ちゃん』

「匂いに釣られてここに来るだろうな」

『兵士とやらは討伐に失敗しているでしょうね』

「ああ」

私が食事の支度をしている間にカナンは何も言わずにザリウスを連れて山の中へと行ってしまった。サーミャはオーリトーリと一緒になって私の懐に入って温まっていた。

「んー」

『何を唸《うな》っているんだい？』

「だって……。置いてかれた」

カナンが無断でいなくなることは今に始まったことではないが、こんなことが続くと私もむくれてしまう。

『仕方ないさ。あんたは夜目が利かないんだから』

「でも――」

『あー。やっぱりあんたはぬくいねえ』

「――はあ」

念のため魔物除《よ》けの香を焚《た》いて結界を施しておいたけれど、私はこんな呑気《のんき》に待っているだけだ。真夜中になってもカナンは帰って来ない。商人たちは寝静まり、私は山から下りる寒風に耳を傾けながらカナンの帰りを待った。

カナンに限って魔物に負けることはないだろうけれど、そんな強い彼が警戒していたことは気にかかった。

懐に入っていたオーリトーリがいち早く何かの気配を感じ取り、岩が崩れるような地鳴りに私は立ち上がった。

崖の上から何かがこちらを見ている。

「――何かいる？」

『フェリシア、行ってはダメだよ』

「大丈夫。様子を見るだけだから」

魔法で光を浮遊させ崖の上を照らし、私は息を呑《の》んだ。

崖にはないはずの大木のような影が動いている
――魔物だ。

「サーミャ。あの魔物は、一体何？」

角の生えた鹿の体に、鹿にないはずの長く太いドラゴンのような太い尾。しかし口には牙が生えている。まるで魔物同士を掛け合わせたかのようなツギハギで気味が悪い。

『分からない。あんなもの……。あんな魔物を知らない』

このままあんな魔物が崖を下りれば商人たちが巻き込まれてしまう。

こちらに気が付いた魔物は頭が割れる程のけたたましい鳴き声を発した。

「――っ」

まるで人の悲鳴がいくつも反響するようなその鳴き声に、私は眩暈《めまい》を起こして杖《つえ》を落としてしまった。

「フェリシア、そのまま動くな」

「カナン?」

颯爽《さっそう》と現れたカナンはすかさず大剣を投擲《とうてき》し首を落としたが、魔物の首はにょきりとすぐに生えてくる。

「嘘《うそ》……」

凄《すさ》まじい再生力。首を落とせばどんな魔物でも絶命するはずだ。カナンはこの再生力に苦戦を強いられていたに違いない。

すかさずサーミャが私の肩に飛び乗った。

『フェリシア、火の魔法は使えるね?』

「う、うん!」

サーミャの言わんとしていることを理解した私は、カナンの動きを読んで杖を握り直して魔物に向けた。カナンが手足に続き二撃目で首を落とした瞬間を狙って、火の魔法を放って切り口を焼いた。

ようやく動きが止まり、ばたりと倒れ霧散した。

『はあ。だからこんな寄り道をしたくなかったんだ。馬鹿な人間共が肉を焼くからあんな魔物が寄って来たんだ!』

ほらみたことか、と愚痴をこぼすザリウスの背中にはざっくりと大きな傷がついていた。

「ザリウス、怪我《けが》してる！」

『こんなもの舐《な》めておけば――』

「カラスの姿じゃ無理だよ。ほら治癒魔法をかけてあげる。それともサーミャに舐めて貰《もら》う？」

『……さっさとしろ』

プライドの高いザリウスも背に腹は代えられないと私の膝の上で大人しく魔法をかけられた。

『気をつけな、フェリシア。あんたみたいなおいしい匂いの魔力を持つ魔法使いは、魔物にも好かれやすいんだから』

「そう、なんだ。だからあの魔物もこっちを見たのかな」

『ふん。食っても美味《うま》くはないだろうがな。いてて！　あいつはいくら切っても首を生やしてきた』

「カナンがいなかったら本当に危なかったんだね」

得体の知れない魔物相手に武器を持たない商人たちが敵《かな》うはずがない。

『お前も今回は少し役に立ったじゃないか。肉を焼くならお手の物かい？』

いい子いい子とサーミャは小さい手で私の頭を撫《な》でた。

騒ぎを聞きつけてテントにいた行商人たちは恐る恐る顔を出して様子をうかがっている。

後できちんと説明をしなくてはならないが、私はそれよりもカナンのことが気がかりだった。

「カナン？」

「――ああ」

まだ魔物が霧散した場所で立ち尽くしていたカナンはいつもの通り抑揚のない返事をした。狼狽《うろた》えているカナンを見るのは初めてで、私は一抹の不安を感じた。


夜が明け、行商人たちが一足先にセントエルモの町へ向かう中、私たちは山の中へと再び引き返した。カナンは私に頼みたいことがあると言う。

山道には十数人の兵士たちの鎧《よろい》や剣だけが残されていて、遺体は残っていなかった。あの魔物に喰《く》われたらしい。

「人は弔うものだと聞いた」

立派なお墓には出来ないが、墓石になりそうな手頃な石の横に遺品と花を供えた。カナンが弔う方法を知っていたことに驚きつつ、私は指を組んで祈った。

「やっぱりカナンは北大陸に詳しいよね。イトゥクのこともそうだけど、この季節にしか咲かないレンテンローズを見つけるなんて。森で育った私でも見つけるのは難しいのに」

「匂いがした」

「魔族って花に詳しいの？」

『しかし、どうしたものかね。この魔物が歩いたところは全部真っ黒じゃないか』

火事でも起こったように黒く焼け焦げたような這《は》いずった跡。まるで大地が膿《う》んでいるような酷《ひど》い状態だ。じわじわと広がっていくその膿《うみ》は山を覆い尽くしてしまうだろう。この山全てが黒く染まってしまうのも時間の問題だ。

私は杖を振って魔鉱石に力を集中させる。

「何をする気だ？」

「これじゃここにいる鹿もウサギも冬を越せないから」

私は目を瞑《つむ》り呪文を唱えた。

「春を望む者に歓《よろこ》びの野を与えん。――ティルナノーグ」

溢《あふ》れた白い光の粒はタンポポのようにふわふわと地面へと落ちて行き、黒く膿んだ地面は元通りの柔らかい土へと戻った。これならば春には若葉が芽吹くことだろう。

『何だ、その魔法は』

見たことのない魔法にサーミャとザリウスは目を丸くしていた。

「私が作った魔法。簡単に言うと魔法をかけた対象を回復させる光の魔法、かな」

この魔法は〈名もなき英雄〉が〈飢餓の怪物〉を消滅させた奇跡の光を模した魔法。

要は奇跡の光を再現しようと試行錯誤の末に生み出した魔法ということだ。

「私が魔法学校を卒業出来たのも、この魔法を作ったからなんだ。まあ、こういう時ぐらいしか使い道はないけれどね」

魔法使いは生涯をかけて自分の魔法のために研究に没頭する。

自由に空を飛ぶ魔法。金銀財宝を封じる魔法。呪いを解く魔法。

英雄が放った光に焦がれるうちに、それに類似した魔法を作ってしまった。

『料理以外にも取り柄はあるものだな』

『そんな魔法を作っているから攻撃魔法が身に付かないんだよ』

「それ、私の親友にも言われたな。でも、あの奇跡の光がなきゃ私は今頃空腹で死んでいたから」

「大袈裟《おおげさ》だな」

「そうかな？　だって本当のことだから」

魔族には分からないのだろう。魔法使いの憧れがどれだけ強いものなのか。


セントエルモの町。石壁で囲まれた小さなその町は、魔物の出現が嘘のように賑《にぎ》わっている。玩具のように可愛《かわい》らしい小屋がいくつも並び、どこからともなく流れて来る音楽。

広場にあるオーナメントで飾られた大きなツリーはこの町のシンボルだ。憧れの町に辿《たど》り着《つ》いて私は胸が高鳴っていた。

案の定、部屋は混んでいて受付は長蛇の列だった。

「フェリシア、宿を取っておいてくれ」

カナンは大剣を下ろしザリウスに預けた。

「い、いいけど」

「俺は一人で出てくる」

――やっぱりカナン、元気がない。

何だか投げやりだけれど、機嫌が悪いから八つ当たりしている感じではない。

「ちょ、ちょっと」

「何かあればこれで呼べばいい」

カナンは私のイヤリングを指さして、呼び止める私を無視してさっさと宿を出て行った。

部屋に荷物を置いて、ようやく一息ついた。

「サーミャとザリウスはどうする?」

『私たちは寒いのは苦手なんだ。ホットミルクとハチミツクッキーで時間を潰しておくさ』

『剣を運んだせいでへとへとだ。まったく、坊ちゃんと来たら俺を何だと――』

主人がいないと、このカラスは愚痴が増える。

「オーリトーリは……眠たいのかな」

まだ全快ではないオーリトーリと疲労困憊《ひろうこんぱい》のザリウスは寒さも相まって体を縮めていた。

とりあえず、暖炉に薪を燃やして部屋を暖かくした。久しぶりに屋根がある場所で寝泊まり出来て一安心だけれど、私は何だかモヤモヤとしてベッドに仰向けになった。

「……はあ」

『辛気臭い』

「え？」

急にザリウスに突《つつ》かれて戸惑う私に、サーミャはくすくすと笑う。

『それよりも部屋が一つしか取れていないけどいいのかい？』

部屋が一つ。そしてベッドも一つ。カナンの部屋を取るのを忘れていた。

「気づいていたなら早く言ってよ！」

『別に私たちは構わないからねえ』

もう一部屋取るとなると、私の手持ちの金では足りないし、この町の宿はきっとどこももう満室だ。

「ちょっとカナン捜してくる！」

私は窓から飛び出して咄嗟《とっさ》に魔法でカナンを追跡した。すでに宿からかなり離れていてやむなく私は魔法で飛んだ。

何よりカナンの様子が気になる。まるで何かに苛立《いらだ》っているような、恐れているような――。魔族に恐怖などあるはずもないのだが、私にはそう感じた。

「あ！」

人気《ひとけ》のない路地裏を歩くカナンを見つけ、すぐに呼び止めた。

「カナン！」

「フェリシア？」

気が緩んだせいで魔法が切れて、真っ逆さまに落ちた。しかしカナンが辛《かろ》うじて受け止めて大事には至らなかった。

「ご、ごめん」

「――問題、ない」

それでもやはり痛むのだろう。額を手で押さえているし声が少し震えていて、私は申し訳なさでいっぱいになった。

「どうかしたのか？」

「えっと、何だったっけ？」

落ちた衝撃で吹っ飛んでしまった。

「頭を打ったか？」

「そんなことはないんだけど――」

ぐうう、とお腹《なか》が鳴り、私は恥ずかしさで顔が熱くなった。

「何か食べるか？」

「い、いいの？」

「ああ」

私は身だしなみを整えてカナンの横を歩き、手頃な店を探すことにした。

町は一気に賑やかになり、商人たちは次々に店を構え始めている。

店の間には色とりどりのランタンボールが吊《つ》るされていて、きっと上空から見下ろしたら綺麗《きれい》だろう。

雑貨、ホットワイン、お菓子、衣服。冬を楽しませるものばかりだ。食事が出来る通りは中央の広場周辺に集中しているらしい。

宿に着く前から何だかカナンの機嫌が悪い気がしたけれど、今町を眺めているカナンは少し穏やかな雰囲気で安心した。

雑貨屋の前でカナンは立ち止まり装飾品を手に取る。

「この形、よく見るな」

「これは英雄を讃《たた》えるオーナメント。私が貰ったものと同じ意匠でしょ？　北大陸は特に〈名もなき英雄〉を大事にしているんだ」

「そう、なのか」

「あはは。これだけたくさんあったら分かるでしょ？」

織物《おりもの》、ぬいぐるみ、宝飾品、ラベル。セントエルモの町を語るには〈名もなき英雄〉は欠かせない。だからこそこの町に来たかったのだけれど。

広場に足を運ぶと中央にあるツリーを取り囲むように店と人で溢れていた。

多くのテーブルで気の早い客はエールを呷《あお》っている。

ツリーの周りには音楽家と踊り子たちが控えている。夜にはきっと出し物があるに違いない。ツリーを見上げる町人や観光客は皆、指を組んで祈っている。

近くで見上げるとツリーはとても見ごたえがある。この世界の綺麗なものを全て飾り付けたかのようだ。

「あのツリーは何の意味がある？」

「あそこの丘、見える？」

「ああ」

「大きなモミの木があるでしょ？　あの真上に英雄が現れたんだって。その上で見えた光が星に見えたから星火祭って呼ばれているんだよ」

日が暮れ始め、一気に空気は冷たくなった。

私は買い食いをしたけれど、カナンは朝から何も口にしていない。きっと機嫌が悪かったのも自分だけ何も食べていないからかもしれない。

私は食材を買い込んだ時に出会った、料理人のエイデン夫妻の夜店に立ち寄った。

「良かったな、兄ちゃん。お嬢ちゃんが今から料理を作ってくれるってよ」

「ありがとうございます、厨房《ちゅうぼう》を借りてしまって」

「いいのよ！　一箱分のイモの皮むきも魔法で手伝って貰《もら》ったし。それに魔法使いの料理なんて久しぶりだもの」

「私からすればこんな立派な厨房で旅をしているなんて、羨ましい限りですよ」

エイデン夫妻は厨房をのせた荷馬車で旅をしていて、この祭りのために北大陸の西端から遠路はるばるやってきたのだと言う。

「やっぱり冬はたくさん食べて寒さを乗り切らないとな。こんなに材料が仕入れられたのも、英雄様のおかげだな」

「というわけで、カナンはちょっと待っててね」

「あ、ああ」

カナンは大人しくテーブルに場所を取り、ツリーを眺めていることにしたらしい。

私は髪を結って、竈《かまど》に火をくべて早速調理に取り掛かった。

星火祭で振舞われる定番料理と言えばやはりチキンパイ。

スティリフルと呼ばれる星の形をした金色の果実。これをのせて焼くだけでかなりお祭りらしさが出る。そのまま食べると硬くて酸っぱいけれど、こうしてパイと合わせるとよりパイのおいしさが引き立つのだ。鶏肉《とりにく》とポテト、ドライトマトを隠し味にしたチキンパイと、野菜スープ。カナンは野菜が好きなので、具材をたっぷりと。更にこれにチーズをトッピング。野菜と一緒にハーブとジンジャーを入れれば体はぽかぽかだ。

それから食べた瞬間に中から星のように弾《はじ》けるフォーチュンクッキーを作った。

これで二人分の特製プレートの出来上がりだ。保温する魔法をかければ冷めにくい。

エイデン夫妻にお礼にパイとクッキーを渡した。特にフォーチュンクッキーは目新しいと喜ばれ、町の子どもたちには大好評だった。

「すっかり暗くなっちゃったな」

カナンはテーブルで場所を取っているはずだったが、路地裏にこそこそと隠れていた。

「どうしたの？」

「逃げていた」

「な、何から？」

「……」

カナンが目線を送ると踊り子たちが黄色い声を上げている。

「ああ、なるほど」

怖いもの知らずのカナンも、軟派なことは苦手らしい。

「酒を、飲まないかと誘われた」

「嫌なの？」

「お前との約束が先だ」

「ふうん」

そう言われると悪い気はしない。

「そんなに嫌ならいっそのこと魔族だって脅しちゃえば？」

「――通じなかった」

「そっか。冗談だと思われたのかもね」

人に囲まれて大人数でおしゃべりをすることが苦手なのだろう。

「仕方ない。エイデンさんにいい場所教えて貰ったから、そこで食べようか」

三階建てだとバルコニーからの眺めはいい。しかしいつもサーミャが首元にいたから肌寒く感じる。

「ごめん、時間とお金がなくて三つしか作れなかった。パイはあとでサーミャたちにもあげるからちょっとだけ残しておいてね」

「――ああ」

カナンはスープを飲んでチキンパイに手を付けた。カナンが咀嚼《そしゃく》する様子を見ると私は少し安心する。

「うまいな」

「それはよかった。これにミルクとメープルシロップがあれば完璧なんだけれどね」

冬に飲むホットドリンクと言えばあれに限る。

少し夢中になって二口目を食べるところ、時々口を大きく開けて牙のようにとがった歯も、普段見られないカナンの様子が見られるのは真向かいに座っている私の特権だろう。

でも、私の料理を食べてもカナンの魔力は一時的にしか回復していない。つまりカナンは自分の願いをまだ叶《かな》えられず、私はもうすぐ故郷に辿《たど》り着《つ》こうとしている。カナンはきっと魔力が戻らない事態に苛立っているのかもしれない。

「カナン、怒ってる？」

「どうして、そう思った？」

「私のわがままでこの町に来たから。それに、今日のカナン。元気なかったみたいだし。いつもと違ったから」

「……怒っていたわけじゃない。お前には戦わせたくなかっただけだ」

私は持っていたスプーンを思わず落としてしまった。私の身を案じてくれていたさりげない優しさに動揺を隠せなかった。

「あ、ありがとう？」

「どうして礼を言う？」

「何となく？」

「……」

――どうしよう、恥ずかしい。

カナンも気まずいのか沈黙している。

「あ、あの。魔族のカナンの相談に乗るのは難しいかもしれないけれど。一応、旅の仲間だし、相談してくれてもいいんだよ？　右目、ずっと痛がっているよね？」

「……」

「あ、あんまり言いたくないことだった？」

「いや、説明がし辛《づら》いだけだ」

結局カナンは何も答えてはくれない。近づいたと思ったら、カナンは途端にこうしてすぐに壁を作る。

――お互いのことを知り合わなくても、旅は出来るけど。

穿鑿《せんさく》したくないから話してくれるのを待つのは、卑怯《ひきょう》だろうか。相手のことで悩んでいる私を他所にカナンはパイの上に刺してある紙で作られた小さな旗を気にしていた。

「この旗は何に使う？　食べられるのか？」

「た、食べちゃダメだよ！」

「何故《なぜ》、刺さっていたんだ？」

「えっと、これはね。北大陸では長い冬を越すためにふだんは遠く離れていても家族が集まって過ごす風習があるんだ。冬の一番長い夜で、冷たくて寒い夜は怖いから炎と食事で体を温める。この旗は家族が帰ってくる場所の目印を表しているんだ。パイに刺さっているとその人に幸運があるから――」

私の長い説明にもカナンは真面目に耳を傾けている。

「目印、か」

何とか上手《うま》く伝わったらしい。

「そう、このセントエルモの町も、元は北大陸に帰ってくるための目印の町だったんだって。今は星火祭と一緒になったけど――って、興味ないか」

「いや、そんなことはない」

魔族には祝う風習はないから新鮮だと、私の他愛のないおしゃべりにカナンはずっと付き合ってくれた。

点灯されたツリーの温かい光は町へと広がっていき、暗く寒い夜の中、明るく灯《とも》してくれる。音楽家たちの曲が始まり踊り子たちが白い衣装で雪のダンスを踊る。

「ふふ」

カナンの表情が少し綻んでいるように見えて、私は釣られて笑ってしまった。

「何だ?」

「来てよかったでしょ?」

「ああ、そうだな。これはきれいだ、とても」

世界は再生していく。

姿を見せない〈名もなき英雄〉が残してくれたこの場所を慈しむように。

「うまかった」

「それはなにより」

思わず顔が綻んでしまったことに自分でも驚いた。

魔族を殺せる方法を見つけるためにカナンを利用するはずだったのに、今は喜ばせる料理を作っているなんて、どうかしている。

食事が終わったカナンが「そういえば」と首を傾《かし》げた。

「俺に用があったんじゃないのか？」

「あ！」

私は部屋をもう一つ取り忘れていたことを思い出して血の気が引いた。

私は心の底から楽しんでいる。もうすぐ終わりが近づいていると分かっていながら——。

＊

部屋を一つしか取れなくて、カナンは当たり前のように私にベッドを譲った。

いつの間にかベッドに寝ていた私は、翌朝カナンが部屋にいないことに気付いて飛び起きた。一人掛けのソファで寝ていたはずだ。外にカナンの魔力を感じて私はベランダから屋根へとよじ登った。

昨夜降った雪が不自然に積もった足跡を辿るとそこには町を眺める一人の青年がいた。

「……」

ゆっくりと朝を迎える静かな町を、薄桃色の花弁のような温かい光が照らして、キラキラと舞い上がる粉雪が朝日に煌《きらめ》いている。風を受けるカナンの姿は雪の妖精のようだ。

──やっぱり魔族というよりもエルフみたい。

暗闇で魔物を追いかけるよりも、こうやって穏やかに過ごしている方がカナンは似合っている気がする。

風に煽《あお》られてバランスを崩した私の手をカナンが咄嗟《とっさ》に摑《つか》んだ。

「わっ」

「また落ちる気か？」

「ごめんって、手が冷たい！」

窓から部屋に戻ると、三匹はベッドの中でぶるぶると震えていた。

『早く、早く暖炉に火を入れろ！』

「はいはい」

暖炉に火をくべて、サーミャとザリウスは身を寄せ合って暖を取っている。

カナンに運ばれたオーリトーリは、カナンの手が冷たくて失神してしまった。

「カナン、髪が凍ってる」

「じきに解ける」

「魔族って髪の手入れをしないの？」

「どう、だろうな」

カナンはあまり見栄えを気にしない性格のためか、大剣の手入れの方に力を入れていた。

「髪は魔力の源だって言うよ。ちゃんと手入れしていないから魔力が戻らないのかも――」

私は無理矢理カナンをベッドに座らせた。蒸らしたタオルで髪をほぐして、油を塗ってから乾かせば艶のある髪になるはずだ。

「これ、白椿《しろつばき》の油。私も時々使うんだ」

「白椿。カメリア、か」

「そうだよ。やっぱりカナンって花に詳しいね」

櫛《くし》を通すとサラサラになっていく。

「……」

「カナン？」

カナンの顔を覗《のぞ》き見ると左目が閉じていた。

『おや、坊ちゃんが眠たそうにしている。珍しい』

「――ねむくは、ない。頭が、ぼんやりしているだけだ」

随分と張りのない声だ。こんな意識がふわふわしているカナンは初めてで面白い。

『睡魔に負けるなんて、魔族の風上にも置けないですねえ』

「今日の夜はカナンがベッド使っていいからね」

昨夜はベッドを使うことに罪悪感があったからちょうどいい。

「明日ここを出発する」

「え？　もうちょっと泊まってもいいんじゃないかな」

「……」

私の言う大抵のことは肯定するカナンだが、今回は違った。何かを惜しみ、そして焦っている気がした。だったら、と私は金貨銀貨の入った革袋をカナンに広げて見せた。

「これカナンが魔物を倒した報酬。多分、大きな町はここが最後だから色々と買い揃《そろ》えておきたいんだけど」

セントエルモの町は多くの行商人がいるだけあって目新しい物が多い。

朝食を済ませた私たちは武器屋と服飾店に立ち寄った。

「カナン用の防寒着も買わないと」

「俺は寒さを感じない」

余計なものは荷物になるとカナンは乗り気ではない。

「私の故郷はここよりも北にあるから、上着くらいはないと本当に死んじゃうよ。これとかどうかな？　シャツも新調しようよ」

「分かった」

「って、店の中で脱がないで！　ほら、荷物預かっておくから」

カナンは人前で脱ぐことに抵抗がない。私は慌てて試着室にカナンを押し込んだ。

預かったローブからポロリと何かが落ち、私が振り返った拍子にぱきり、と踏みつけてしまった。

「あー、やっちゃった」

カナンが首飾りにしていたガラスの小瓶を壊してしまって血の気が引いた。

魔法ですぐに元に戻せるが、あんなに大事そうに眺めていた小瓶だ。壊れたと知ったらカナンに怒られるかもしれない。

小瓶はただのガラスだけれど、小瓶の中にはくるりと巻かれた小さな古いメモ。

あのカナンが大事にしていたメモだから、きっと魔族に関することだろう。

見てはいけないと思いつつ、私は好奇心に負けて開いてしまった。

そこにあった羊皮紙のメモの文字、その筆跡に私は背筋が凍った。

「――え？　どうして……」

それはスープのレシピ。記された文字は愛してやまない今は亡き祖母のもの。

材料は少し違うが、遺跡の中でカナンが作ったスープと調理方法が同じだ。

「どうかしたのか？」

「何でも、ない」

混乱した頭で小瓶を元に戻してローブにくるんだが、小瓶に残った魔力にカナンが気付けば私が小瓶を割ってしまって中身を見たことを知るだろう。

――どうして。おばあちゃんのレシピをカナンが持っているの？

カナンはいつも大事そうに何度も手に取っては眺めていた。

カナンに聞くのが怖い。

ただの偶然なのか、それとも誰かから奪ったのか。もし後者だったらどうしたらいいんだろう。

魔力を効率よく吸収するため、人を騙《だま》して食らう魔族がいる。

もしも、カナンが善人を装ってその機会を待っているのだとしたら――。

餌を丸々と太らせて食らう蜘蛛《くも》のように。

人の魂を食い漁《あさ》り騙す悪魔のように。

私はその場で立ちすくんだ。

そして私は気が付いた。

目の前にいる魔族の魔力が戻り始めていることに。

第五話

残骸と記憶

空に吐いた息が白くきらきらと輝いている。

吐いた息を精霊たちがくるくると回りながら集め、空高く舞い上がり雪雲を作っていく。雪の精霊たちの儚《はかな》い一生は雲を作り、結晶となって地に落ちる。

災厄の時代には見ることはなかった白い雪が森を薄《う》っすらと真綿のように覆っていく。

雪の精霊たちを追っていけば辿《たど》り着《つ》くと言い伝えられている〈守り人の森〉は北大陸の最北にある。

セントエルモの町を最後に、十日歩き続けても人が住む集落を目にすることはなかった。

数年ぶりの帰郷を私は心から喜べなかった。

涸れた水車小屋、廃墟《はいきょ》と化した村。森へ続く道は寂寞《せきばく》とした風景が続き、人がもう戻らない場所であることを物語っていた。

数年経《た》てば村人が戻ってくると、私はほんの少し期待していた。

村で生活していたわけではないから未練はないけれど、どこか虚《むな》しさを感じてしまう。

村の跡地を抜けた先には〈守り人の森〉へ続く緩やかな坂道がある。

その坂を越えた先の入り口には一部の魔法使いだけが通ることが出来る結界が施され、そこが村と私と祖母が暮らしていた森の境界線だった。

「……」

私は小瓶の中身を見た日から、上手《うま》くカナンと話すことが出来なかった。

カナンもまた私が小瓶の中身を見たことに気が付いたのだろう。サーミャもザリウスも私たちの間に流れる緊張を感じ取っていた。

「フェリシア、お前とはここで別れる」

前を歩くカナンは振り返ることなく私に告げた。その声色は冷たく鋭い氷のようだった。

故郷に辿り着き、魔力が戻った今、カナンにとって私は不要になった。ただそれだけのことなのに――。

私は人間でカナンは魔族。そう、私たちが関わるのはほんの一時で十分だ。

カナンと別れる前に私は確認しなければならないことがある。

「その前に一つ教えて」

私は杖《つえ》の先をカナンに向けた。

カナンは顔色一つ変えない。私がこうすると予見していたのだろう。

私を威嚇するサーミャとザリウスを、カナンは手で制した。

「その小瓶の中、レシピはどこで手に入れたの？」

「……」

「答えて、カナン。あなたが、魔法使いカメリアからレシピを奪ったの？」

もしそれが本当なら私は刺し違えてでも戦わなければならない。

十年前にこの森に魔物を手引きしたのも、この世界に〈飢餓の怪物〉を解き放ったのも全部、魔族の仕業。祖母を失い、災厄の時代に飢えに苦しみながら生きる間、私は魔族を恨み続けた。

それでも復讐《ふくしゅう》に生きなかったのは全部〈名もなき英雄〉のおかげだ。あの希望の光を見なければ私はずっと誰かを恨んで生きていただろう。

でも今の私は優しい魔族もいることを知っている。人を傷つけないように、素性を隠して距離を取る。その振る舞いは怯《おび》えているようにさえ思える程に。

「やっぱりカナンは悪い魔族じゃない、よね？」

私は確かめたい。魔族だったとしてもカナンは酷《ひど》いことはしないと。

私とカナンの間に冷たい風が流れる。若葉色の左目が揺らぎ、声が震えていた。

「フェリシア、俺は」

カナンは一体、何に怯えているのだろう。

「カナン？」

私が杖を下ろした途端、カナンは大剣を手に取った。

「――っ、下がれ！」

カナンが振るった剣先を掠《かす》めた相手は私ではなく私の背後にいる何か。

「……なに、あれ」

ゆらゆらと不規則に動く残像のような魔物。

目と口だけがぼんやりと光り、顔ににたりと笑みを張り付けた人影。

確かに刺したはずの大剣の刃が通っていない。

この森の近くに出る魔物は総じて炎が苦手だ。剣の威力が通じないなら魔法で攻撃するしかない。

「燃やすしかない！」

放った火の魔法は霧散するわけでもなく弾《はじ》かれるわけでもなく、魔物に取り込まれた。

「そんな、吸い込まれた？」

肉も骨もない魔物。金属も魔法も通じない。

魔物は何かに歓喜するようにくねくねと動き、取り込んだ魔力を糧にして膨らみ、背中から毒蛾《どくが》のような禍々《まがまが》しい羽を生やした。まるで羽化する虫のように――。

自らを増やすために魔力を求めて彷徨《さまよ》い、私たちの前に現れたに違いない。

――まさか、狙いは私？

私の魔力は魔物にとって美味な匂いがするとサーミャが以前言っていた。

逃げるしかない。そうだ、森の奥まで逃げて結界の中に立てこもればいい。そこで態勢を整えるべきだ。

「カナン？」

カナンはその魔物の姿に絶望し、立ち尽くしている。

——こんなカナンの表情、初めて見た。

「どうしたの？　カナン！」

『坊ちゃん、下がってください！』

「——っ」

魔物が伸ばした黒い触手が私とカナン目がけて飛んできた。

しかし痛みはなく、べしゃりと嫌な音と一緒に一羽《わ》のカラスが地面に叩《たた》きつけられた。

「ザリウス？」

二撃目の攻撃が来る前に、カナンはザリウスを拾い上げ私と一緒に森へと走った。

それでも魔物はゆらゆらと揺れながら追ってくる。

走る私の目に飛び込んだのは、森に点在する刻印が施された石碑。対になって結界を作る古い魔法。これがあるなら——。

「オーリトーリ、森の奥まで飛んで！」

懐から飛び出したハリネズミは合図と共にカナンの腕を摑《つか》み、私は光魔法で不意をつき石碑に触れた直後、体が浮いて遠くにワープした。


無茶苦茶に飛び込んだせいで、視界がぐらぐらとして気持ちが悪い。

飛んだ先はしん、と静まり返った冬の森。

魔物の出現のせいか精霊たちは身を潜めていて、風もなく不気味な程静かだ。

淡いベールに包まれた魔法の結界は長い間、森の奥に住む私や祖母を守っていた。

結界を突破して中に入ることが出来るのは、祖母に長い間仕えていたオーリトーリがいるからこそ出来ることだ。

全員逃げられても安堵《あんど》はできない。

『ここは、どこだい？』

「森の奥の結界の中。ここなら暫《しばら》くの間、大丈夫。目印さえあればオーリトーリの力で飛べるから」

私は急いで立ち上がり、石碑からおおよその位置を思い出した。私が生まれ育ったツリーハウスまで遠くない。

「……」

『坊ちゃん、ザリウスは？』

「そんな……」

カナンが差し出した一羽のカラスはぐったりとしていて、腹部と首に深々と傷を負っている。

『ゆら、すな』

私は泣くのを堪えてザリウスに治癒の魔法をかけた。

「大丈夫。すぐに、すぐに治すから」

『馬鹿者め。そういうものは、大事な時にとっておくものだ。これだから人間は』

「ザリウス。まだお前は使えるか？」

「カナン！　そんな言い方！」

私たちを庇《かば》ったせいでザリウスはこうなったのに、いくら使い魔とはいえ冷たすぎる物言いだ。

『申し訳、ございません。羽一つ、動かせませせん』

「――いい」

その言葉を絞り出してザリウスは気絶した。

連続の魔法の行使に消費の激しい空間移動と治癒魔法で、私に残された魔力は少ない。

これからどうしたらいいのだろう。かなり距離を取ったけれど、魔物が私たちを追って来ないとは限らない。これ以上逃げる方法はない。

「あれには普通の魔法は通じない」

「カナンはあれが何か知っているの？」

あれはただの魔物ではなかった。幻影の魔物でも死体を操る魔物でもない。

「怪物の残骸だ」

怪物？

この世界で怪物と呼ばれる存在はただ一つだけだ。

「まさか〈飢餓の怪物〉？　そんなことあり得ない。だってあれは英雄が倒して――」

「魔王が与えた羽化の権能が生きていた。〈飢餓の怪物〉から生まれた新たな怪物だ。俺たちが道中遭遇した知らない魔物たちは、怪物の残骸から生まれた。あの怪物もその一つだ。羽化したばかりの怪物が求めるのは、強く純粋な魔力。結界の中でも匂いを追ってここに辿り着くのは時間の問題だ」

世界を破滅させかけた〈飢餓の怪物〉の残骸。数年の間にしぶとく生き延びて、私の故郷に出現したなんて。

「どこに行くの？」

「あれを倒しにいく」

「倒すってどうやって？　剣も通らないし、魔法だって呑《の》み込まれたのに」

「奴の壊し方なら俺はよく知っている」

カナンは躊躇《ためら》うことなくそう言い放った。

「何言ってるの！　魔法使いが何人も犠牲になって、それでも怪物は倒せなかった。勝てるのは〈名もなき英雄〉だけなんだよ？」

「……」

「――カナン？」

「お前の言う〈名もなき英雄〉は怪物を仕留めそこなった。つまり英雄は英雄じゃない」

「どうしてカナンがそこまで〈飢餓の怪物〉のことを？」

まるでその場で見て来たかのような口ぶりに私は混乱した。

それではまるで、英雄の正体は――。

「フェリシア、お前の質問に答えよう」

「え？」

「お前の言う通り、俺はカメリアを知っている。だから、お前のことも知っていた」

「私のこと、も？」

私とカナンはどこかで会っている？　それも生前の祖母と会っていたのなら、私が物心ついて間もない頃だ。

私の思考が追い付くよりも先に、カナンは追い打ちをかけるように続けた。いつものように淡々と――。

「魔物が現れカメリアが聖騎士団に連れて行かれたのは、お前のせいじゃない」

「どういう、意味？」

「俺はお前に、復讐者として生きて欲しくはない。カメリアもそれを望んでいるだろう」

「何を言っているのか、分からないよ。カナン！」

カナンは振り返らない。

私を惑わしたいのではなく、伝えたいことだけを伝えて結界の外へと足を進める。

「待って、私も――」

「サーミャ。後のことは分かっているな？」

『はい、坊ちゃん』

「待って、カナン！　まだ話が――」

カナンは私の呼びかけに、ようやく振り返る。そして背の高いカナンが少し屈《かが》んで私の後頭部に手を添えた。

「――」

カナンの額が私に触れた瞬間、私は体の力が抜けて意識が遠のき夢の中へと落ちた。

気を失う寸前に私の目に映ったのは、結界の外へと一人で向かうカナンの後ろ姿だった。

――許してくれ。

確かにカナンは私にそう囁《ささや》いた。

＊

懐かしい匂いに私は意識が引っ張られた。

カエデの大木に造られたツリーハウス。その下には色とりどりのいくつもの小さい畑。

小さな水車。魔物除《よ》けのまじない紐《ひも》に囲まれた庭。

「ここは、私の家？」

これは夢だ。だってそこには今はもういない人がいる。

「――おばあちゃん」

生まれて間もない赤ん坊を抱える祖母がいた。

私の唯一の肉親。

そして祖母の腕の中ですやすやと眠る赤ん坊は紛れもなく、私だ。

祖母は森を守る結界を見守りながら、作物の成長を助け、偽物の空を作るあらゆる魔法を一度に使い、〈豊穣《ほうじょう》の魔法使い〉の名の通り、小さな楽園を作って森と私を守っていた。

森の中はいつでも魔法に満ちていて、この時の私は不自由なく暮らしていた。

祖母は寝起きでぐずる赤ん坊にミルクが出る木の実を口に咥《くわ》えさせてあやしていた。それから森から現れた来訪者に気が付き、「また来たのか」と優しいため息を吐く。

恐る恐る現れたのは、フードを目深に被《かぶ》った子どもだ。

「もうここには来てはいけないと言ったはずだよ」

「魔界から持ってきた」

「相変わらずお前は器用だね。この花はフェリシア、か」

少年は小さな花冠を赤ん坊の頭に乗せた。空色と桃色の色違いの花弁。祖母は花を見て懐かしそうにため息を吐いた。

「魔法使いに相応《ふさわ》しい、いい花だ。どうしてこの花を？」

「見られる日が来たらいいと思った。人間の世界にも」

「それじゃあ、お前がこの子の名付け親だ」

「——魔族の俺が？」

祖母は赤ん坊の私をそっと少年に手渡した。ぐずっていたはずなのにその少年の腕の中ではきゃっきゃとご機嫌に笑っている。

——カナンだ。

私が生まれてすぐに、もう出会っているなんて——。

若葉色の両目が揃《そろ》い、今と変わらない雪のように白い髪。感情の起伏が薄いのはこの頃も同じで、それでもどこかあどけない。

「お、落ちる」

ふにゃふにゃと落ち着かない赤ん坊を落とさないようにするあまり、少年はゆっくりとひっくり返ってしまった。カナンは恐る恐る赤ん坊の頬に手を伸ばし、赤ん坊がカナンの指をあむあむと咥えてはしゃいでいる。

「お前が持ってきたミルクの実のおかげで元気があり余っているんだ」

そんな様子を見て祖母は愉快に笑っていた。

私は木陰から、溢《あふ》れてくる憧憬の気持ちを抑えて眺めていた。

世界が〈飢餓の怪物〉の黒い雲に侵されていく中で、こんなにも温かい風景があったなんて。これはきっとこの森が私に風景を見せているんだ。


瞬きの間、まだ朝靄《あさもや》に包まれている静かな森の中に景色が変わった。

この場所を私はよく覚えている。近くに泉があってふわふわの苔《こけ》の群生地。結界の外にあるお気に入りの場所。

昔の私はおばあちゃんの言いつけを破って、小さい世界で冒険をしていた。いつからか私はぱったりとこの場所へは訪れなくなった。

景色を見渡す私の前をとことこと歩いていくハリネズミが一匹。

「オーリトーリ？」

未来の私を知るはずがないのに、ハリネズミは私を見てにこりと笑って森の奥へと姿を消した。ハリネズミの行く先を追いかけるとそこには成長した少年が佇《たたず》んでいる。

彼は足元に近寄るハリネズミに気を取られていて、背後の子どもに気が付かない。

「つかまえた！」

突如茂みから現れた子どもに飛びつかれ、少年はひっくり返った。

ふふん、と頬を紅潮させ、髪にいくつもの葉をつけているのは五歳の私だ。

「あなたでしょ、いつも私の家の近くにいたのは」

夜明け前にツリーハウスの前に食料がたくさん入った大きな袋が置いてあり、それはいつ誰が置いたのか分からなかった私にはどうしても気になり、こっそり跡をつけたのだ。

「匂いで分かっちゃった」

「俺が、怖くないのか？」

「どうして？」

「お、俺には牙がある」

幼い私は躊躇《ちゅうちょ》なく少年の頬を摑《つか》んで牙を確認する。

「ほんとだ！　でも全然怖くない。だってあなた、口を隠しているから。この子もね、トゲがあるの。チクチクするでしょ？」

ハリネズミを差し出され、少年が指先をそっと伸ばすと鼻先を擦《こす》りつけた。

「俺は、人に会ってはいけないんだ」

遊び相手を探していた私は、時折訪れる少年をいつも驚かせようとして隠れて待っていた。

退屈で仕方ない幼い頃の私は、何度もその少年と会っていた。

「ねえねえ、どうして？　また会える？」

「どうしてって……」

「どうして？」


名前を明かさず、苔の生えた倒木の上に座って話すことが日常になっていた。

少年が持ってくる物はこの森にはないもので、いつも私を驚かせた。

「なあに、これ」

「チョコレイトというものだ」

私は躊躇うことなく口に含んで噛《か》みしめると、頬を押さえて破顔した。

「すっごく甘くておいしいお菓子！」

「そ、そうか」

「この森で採れるメープルシロップと同じくらい」

それから幾度も私と少年は森の中で出会った。

「私も今日はいいもの持ってきたんだ！」

私は本と地図を広げて冒険譚《たん》を話した。

「いつかおばあちゃんみたいな魔法使いになって、世界中を旅するの！　それで魔法のレシピを作るんだ」

夢を語る私は森の外の世界の惨状を知らないままの無知な子どもだった。

「俺は、料理を食べてみたい」

私はきょとんと大きな目を丸くした。

「いいよ、私が作ってあげよう！」

「それは契約、か？」

「契約？」

「こうするんだ」

ふたりはお互いの小指を交差させ、二度揺らした――。


日が暮れ、カナンは日課のように私をおぶって帰る。

「疲れて、寝てしまったらしい」

「また？　適当に寝かせておいて」

「分かった」

カナンは慣れた様子で私をベッドに置いて毛布を掛けた。

「フェリシアに聞いた。俺のせいで村人から怪しまれていると」

「私たちは助かっているよ。魔界からの食料がなければ私たちはとっくに飢え死にしていた。調理方法さえ知っていれば体に害はないし、怪物の毒霧も多少は防げる」

祖母は以前、村に下りて食堂も営んでいた。しかし魔界から持ち込んだ食材を振舞ったことで祖母は糾弾され、遠ざけられ、それから村に下りることはなくなった。それでも村人に対しての情は残っていたのか、時折、食事の入った籠を森と村の境界に置いていった。

「名前を名乗ってはいけない。その約束は守っているね。魔界に戻れなくなるから」

「分かっている」

——私が小さい時に出会った少年の名前は、思い出せないんじゃない。知らなかったんだ。そんなリスクを冒してまでこんなに何度も会いに来てくれていたなんて。

祖母は「それじゃあ、ご褒美だ」とメモの切れ端を丸めて小瓶に入れて、革紐《かわひも》でくくってカナンの首にかけた。

「これは?」

「いつかお前が旅をする時に役に立つ物だよ」

祖母は戸惑うカナンの頭を撫《な》でて、微笑《ほほえ》んだ。

——レシピは、おばあちゃんがカナンにあげたものだったんだ。

それから三か月が経《た》って私がようやく魔法を覚え始めた頃だ。

私はますます活発に動き回り、言いつけを破って森の外へ出ることも増えた。

ある日の夜、祖母はずっと支度をしていた。

食材を長持ちさせる月ヨモギの葉で食材を包み、抱えきれない程のチジルを作っていた。

「ねえ、おばあちゃん。まだ寝ないの？」

「眠れないならミルクを飲みなさい」

「うん」

幼い私は目を擦りながら祖母が用意したミルクを飲んだ。

――強い睡眠魔法をホットミルクに？

朝になるまで目覚めないようにする強い魔法をコップに施した祖母に、私は胸騒ぎがした。

「フェリシア、レシピは棚に置いてあるから」

「うん？　おやすみなさい」

この日の夜を私は覚えている。この会話は祖母との最後の会話だった。

普段と違う祖母の振る舞いにも睡眠魔法にも気が付かず、私はいつも通りベッドに入った。

眠る私の額にキスをして、部屋中の灯《あか》りを消してツリーハウスに厚い結界を施して祖母は私の元を去った。

――そうだ。この後、おばあちゃんは聖騎士団に連れて行かれてしまうんだ。

私はこの先を知らないままだ。

逸《はや》る気持ちに促されるまま、私は森の外へといなくなる祖母を追いかけた。

知らない最後の惨劇を私は知らなくちゃいけない。


祖母が辿《たど》り着《つ》いたのは、村の入り口。

この森にはいないはずの魔物の群れの残骸。六本足を持つ三つ目の魔犬が十数匹と魔物の死骸が山と積まれていた。生々しく腐臭を放つそれらに、村人たちはこの世の終わりのようにうろたえている。

「森にいる魔女共が魔物を呼び寄せて、俺たちを襲ったんだ！」

「聖騎士様！　魔女を退治してください！」

村人たちは聖騎士たちにすがりつくように喚《わめ》き散らしていた。

聖騎士たちの鎧《よろい》も剣も汚れ一つなく、魔物を倒したのは彼らではないことは明白だ。

「心配するな、森を燃やせば魔女も出て来るだろう」

聖騎士たちが一斉に森に火を放とうとした瞬間――。

「その必要はない」

魔法使いカメリアのその目は怒りに満ち、その声には私も聞いたことのない怒気があった。

「明日食べるものさえ工面出来るか分からないというのに、ご足労なことだ。聖騎士諸君。私が魔物と通じているのなら、とっくにこんな村は滅ぼしている。たかだか魔物が現れたくらいで大騒ぎする必要もないだろう」

「ならばこの子どもは何だ」

聖騎士は子どもの頭に被《かぶ》せた麻袋を取り、地面に叩《たた》きつけた。

――カナン。

「――っ」

右目には抉《えぐ》られたような生々しく深い傷を負っている。

「ただの剣ではたちまち傷が癒えるが、このように聖剣で貫いた傷は戻らない。この者は間違いなく魔族だ。この魔族が魔物を操り、村を襲わせたに違いない」

村人たちから悲鳴が上がった。だが、祖母は一切動揺せず凛《りん》として対峙《たいじ》する。

「誰がその魔犬を倒したと思っているんだ。その子がいなければ村人は食い殺されていただろう」

魔法使いカメリアは、魔法で聖騎士たちが持つ油を塗った松明《たいまつ》から火を奪い、魔物の死骸の山を一瞬にして灰にした。

「それにあんたたちが今生きているのは、その魔族の子どもが持ってきた食料のお蔭《かげ》だ。その恩恵を受けておきながら、その子を殺せと言うのか？」

「そ、それは――」

「砂糖も小麦も、もうこの村では穫ることは出来ない。この村に辛《かろ》うじて餓死した者がいないのは、この子の優しさがあったからだ」

村人たちは口ごもる。

「そこまでだ、魔物を操る魔女め」

聖騎士たちは剣を抜いて取り囲んだ。

「私は魔法使いだ」

「村の者の話ではお前には孫娘がいるだろう。魔物と通ずる魔女の孫は魔女だ」

聞く耳を持たない聖騎士たちと対峙しても怖気《おじけ》づくことはなく、堂々と告げる。

「取引だ、聖騎士諸君。私の身柄と引き換えに、子どもたちに手を出すな」

聖騎士たちは剣を下ろし、「いいだろう」とその取引に応じた。

「カメリア。俺が――」

魔法使いカメリアは唇に人差し指を立てて、沈黙の魔法でカナンの口を塞いだ。それから胸元を押さえる身振りをしてカナンに何かを伝えている。

「オーリトーリ、カナンを扉まで連れて行きなさい」

祖母の合図で飛び出したハリネズミは、抵抗するカナンを連れて姿を消し、祖母の表情は安堵《あんど》に満ちていた。

そして躊躇《ためら》いなく、重い手枷《てかせ》のついた鎖に繋《つな》がれて、村の外へと連行されていく。

もし、やり直せるのなら、今目の前にある光景全てを魔法で壊してしまいたい。

カナンと結託して不条理な聖騎士団も恩義を感じない村人も全て消してしまえたら、私とおばあちゃんとカナンで楽しく過ごす未来があったかもしれない。

もうどうしようもない過去を嘆いても仕方ないと分かっていても、どうにか出来ただろうと考えてしまう。

――私に力があって、こんな理不尽な過去をやり直せるなら……。

「ダメよ、フェリシア。俯《うつむ》いてはいけない」

「――え？」

祖母は振り返り、今の私を見つめた。

この場にいるはずのない幼い頃の私ではなく、夢を見ている私に語り掛けている。

凛とした祖母の眼差《まなざ》しには確かな希望があった。

「いつかこの森を出て、旅をしなさい。カナンと一緒に――」

全ては私とカナンのために、選んだことだった。

「……うん。うん！」

私は溢《あふ》れる涙を止めることが出来なくて、泣き崩れながら何度も頷《うなず》いた。

旅をする喜びを、私たちに託したのだ。

第六話

私の英雄と春を見よう

魔王の命令で魔界と人間の世界を断絶して四年。

人間の世界に繋がる扉は、魔王により全て焼却されたが、人間の世界の現状を知ることは出来た。

人々は命を落とし墓すらも作られず、死体の山を積み上げた。

抗《あらが》う気力も失い、生きることを嘆き、自死を選ぶ者さえいた。

人間の世界へと繋がるたった一つ残された扉をようやく見つけ出した時には、そこはすでに死を待つだけの世界と化し、滅びようとしていた。

この四年。自分の中に芽生えた知らない感情だけが原動力になっていた。

それが復讐《ふくしゅう》心だと分かった時には遅かった。

怪物を野放しにする魔王にも、悪だと決めつけてカメリアの命を奪った聖騎士たちも、そして何より無力な自分に対しても――。

それも今日で終わりだ。

「またお父上の不興を買いたいのですか？」

「ザリウス」

「二度と魔界に戻って来られなくなりますよ。それでも行くのですか？」

「――ああ」

引き留める臣下を背にして重い扉を押した。その先は遥《はる》か上空。

黒く巨大に膨れ上がり、淀《よど》んだ霧の中から怪物はこちらを見ている。

〈飢餓の怪物〉の呼気は肺を蝕《むしば》み、肌を黒く染めて腐らせる。もう人がこの怪物に抗う術はなくなっていた。


魔王から奪った力を右手に宿して、自らの力を代償に放つ光の魔法は槍《やり》へと姿を変えていく。怪物へ放ったそれは流星のように弧を描き、蕾《つぼみ》のように花開き、散華した。


怪物は霧散して消え、全ての力を失った自分は青い空を見ながら落ちていく。

カメリアが遺《のこ》してくれた小瓶があればいつかきっと辿り着ける。

――花の名を持つあの少女も、同じ空を見ているだろうか。

そうして世界に再び春が訪れ、光を放った魔族の少年は〈名もなき英雄〉と人々から呼ばれることになった。

——カナン。次にあの子に会う時は、名前をちゃんと伝えるんだよ。
カメリアが最期に耳元で囁《ささや》いた言葉が、魔法のように残り続けた。

＊

目を覚ました私は涙を流していた。
傍らにはサーミャが悲しそうに私を見つめている。
『ここの記憶を見たのだね？』
「——うん。サーミャが見せてくれたんだね」
『私はこの森に少し力を貸してやっただけさ』
私は涙をぬぐい、ゆっくりと思い出したことを反芻《はんすう》した。
幼い頃に出会った少年がカナンであったこと。
カナンが持っていたレシピはおばあちゃんが授けた物だったこと。
〈飢餓の怪物〉から世界を救ったのはカナンだったこと。
大事な思い出で、忘れてはいけない約束を思い出すことすら出来なかった。

カナンはずっと苦しかったに違いないのに。

「どうして、気が付かなかったのかな、私」

カナンは全部覚えていて、私と旅をすることを望んでいたというのに、気が付かない私をきっと薄情な人間だと思っただろう。

サーミャは私に寄り添い、溢れる涙を小さな手で拭った。

『坊ちゃんの願いはすでに叶《かな》っている』

悲しいはずなのに、私は立ち上がらずにはいられない。

巡る季節の色。

焚火《たきび》を囲んで食べる料理。

新しい町。

私とカナンの旅はまだ短すぎる。

カナンは約束を守ってくれた。どうして私だけが反故《ほご》に出来るだろう。

「私はまだ、カナンと春を見ていない。約束した料理だってまだ食べて貰《もら》っていないし、行きたいところだってまだある」

私は杖《つえ》を取って立ち上がった。

『行ってはいけない。坊ちゃんの覚悟を無駄にする気かい？』

分かってくれとサーミャは懇願する。彼女も葛藤している。

主の命令だと分かっていても、このままではきっと主を失ってしまうだろう。

「ありがとう、サーミャ。ザリウスも――」

まだ目覚めていないカラスの頭をそっと撫《な》でた。

「カナンのところに行くよ。私は、私たちはまだ英雄に何も返せていないんだ」

たくさんの「ごめん」と「ありがとう」をカナンに伝えたい。

彼を一人死なせない。

この場所に残された、魔力の宿るものを私は覚えている。

ツリーハウスにあるメープルシロップだ。

「オーリトーリ。場所は覚えているね？」

お供のハリネズミはきゅい、と鳴いた。

「行こう」

私もこの森も、あなたによって生かされた。だからこれはただの恩返しだ。

＊

結界から離れた大きな窪地《くぼち》にカナンはいた。

何度も名前を呼んでいるのに彼は振り返らない。

足元にはおびただしい数の黒い触手が落ちている。

遠目で見ても分かるくらいにカナンはボロボロの姿で立ち尽くしていた。白い髪には鮮血が飛び散り、体中に無数の傷を負っている。

「──っ、カナン！」

ひび割れた大剣ががらん、と手から離れカナンはくずおれた。

「嘘《うそ》……」

怪物はまだ生きていた。それどころか巨大に膨れ上がり殻で体を繕い、形を持ち始めている。

体を裂くほど口を大きく開け膿《うみ》のような舌が触手の如くうねり、気を失っているカナンは怪物の体内へと沈んでいく。

「待って！」

私がカナンを摑《つか》むよりも早く、怪物はごくりとカナンを丸呑《まるの》みにした。

──カナン、カナン！

身が引き裂かれそうな程の怒りがこみあげて、頭が真っ白になった。

魔法を放つよりも早く、怪物の手がツルのように伸び、怪物は私を吹っ飛ばした。

「──っ」

地面に叩《たた》きつけられ頭を強打した。

怪物はツルを振り回しながら足踏みをしている。感情を持たないはずなのに歓喜しているようだ。このままでは私は嬲《なぶ》り殺されるだろう。

——怪物はこうやって私たちから大事な物を奪っていく。

結界を守る石碑が視界にぼんやりと映った。カナンとの死闘を繰り広げていながら石碑には、傷一つついていない。その石碑は私の上背を超す大きなものだ。敵《かな》わない相手と分かっていて、カナンは逃げずに、森を守るために倒れるまで戦った。

——カナンが戦う理由はいつも、他人のためだ。

この旅で私は殆ど怖いと感じたことはなかった。怖い物はいつもカナンが先に取り払ってくれていたから。

私はゆっくりと立ち上がった。

落ち着け。怒りに身を任せて無暗《むやみ》に突っ込んではダメだ。

自分でも驚くくらい冷静に状況を組み立てていた。私一人の限られた魔力でこの怪物を倒すことは出来ない。怪物の腹を裂くような強い魔法も、剣で切り裂くような膂力《りょりょく》も私にはない。

結界を守る石碑。

カナンと揃《そろ》いのアクセサリー。

メープルシロップのキャンディ。

私の魔力残量を考えると魔法はあと二回。

――この方法ならまだ、間に合う。けれど失敗は許されない。

怪物はにたりと笑った顔のまま私を見つめている。

飢えに苦しみ、明日死ぬかもしれない恐怖に比べたら怖くない。

魔力に惹《ひ》かれているのなら、私はとびきり美味な匂いがするだろう。私の匂いがたっぷりと染みついたローブを杖に巻き付けた。

「カナンを返せ、化け物！」

魔力を宿す魔法を杖に施して地面に突き刺した。

魔力を求め世界に破滅をもたらす程の空腹だ。食いつくに違いない。

予想通り、怪物は杖に向かって突撃した。

その間、私は石碑を浮かせることに残りの魔力を集め、浮いた瞬間に放り投げた。それは開いた口に挟まり、怪物の動きを止める。

――今だ！

その隙間を狙って私は迷わず怪物の口の中へと飛び込んだ。

焦げたような、腐ったような肺を侵す臭いが充満していた。

――何て臭い。

怪物の体の中は見た目から想像される胃の容量ではない。まるで別の空間のようだった。

そこに広がるのは広大な深く暗い湖。

「これが、怪物の腹の中——」

家や鐘楼、馬車。あらゆる物が呑み込まれて湖の底に沈んでいる。

生き物の骨が散らばっている。多くの物を呑み込み朽ち果てさせたのだろう。

「——っ」

地面がぐずぐずと崩れ、その場に留まり続ければ沈んでしまう。怪物の胃の中にいる恐怖を振り払うように、私は叫んだ。

「カナン！　どこにいるの？」

誰も呼びかけには応じない、声も響かない閉ざされた空間の中。

捜すために残された手段は、もう互いを縛る魔法しかない。

イヤリングに魔力を込めると蛍のような灯が生まれ水面を光が走り、ほとりに佇《たたず》む影に辿《たど》り着《つ》いた。そこにいるのは、私よりも小さな一人の少年だ。

彼の首元には私が渡したペンダントがある。

これはきっと幻影だ。

「あなただったんだね、カナン」

光のおかげでようやくあの時の少年の顔がはっきりと見えた。若葉色の両目と雪のような白い髪。少し怯《おび》えたような表情。こうして見るとやっぱりカナンとそっくりだ。

幼い私が飢えないように助けてくれていたのは。

世界を怪物から救ったのは。

あなたが私の英雄だった。

けれど少年は俯《うつむ》いて何も言わない。

「ずっと気が付かなくて、ごめんなさい」

私が一歩近づくとカナンは距離を取った。苦しそうにペンダントをぎゅっと握りしめている。

「俺のせいで、カメリアは死んだ。お前のせいじゃない」

まだ幼く、たどたどしい話し方。

「――カナン」

「人間の世界に施しを与えることを魔王は許さず、魔物を放った。カメリアは全て分かっていて、自ら聖騎士団に連行されることを選んだ」

その声は震えていた。全て懺悔《ざんげ》の言葉だ。

ああ、そうか。カナンが私に正体を明かさなかった理由が今ようやく分かった。

私に憎まれ、恨まれることを恐れていたんだ。そしてずっと自分を責めていたんだ。

でも、おばあちゃんはきっと自分で選んだ。カナンを突き出すことよりも、森を焼かれることよりも、私とカナンの未来を選んだのだ。

カナンはずっとたくさんの約束を守っていた。

世界を旅する約束を、私と会う約束を。

そのためだけに自分の体を犠牲にして〈飢餓の怪物〉を葬った。

「その上、俺は怪物を完全に消し去っていなかった。こんな失敗は許されないことだ」

「それに――」

私もそう。再会したあの船の上で思い出せていればと、後悔してもしたりない。私は屈《かが》んで少年の手を取った。ようやく目が合うと、少年は涙を流していた。

「すぐに気が付けなかった、私を許してね――」

幼いカナンの幻影は頷《うなず》いて、最後にほとりの先を指さして霧となって姿を消した。

私は指さした方へとほとりを回った。

「カナン！」

冷たく淀《よど》んだ湖の中にカナンは沈んでいた。気絶しているのか、私の声には何も応じない。手を伸ばしても届かない程、どんどん深くカナンは沈んでいく。

「――っ」

水はあまりにも冷たくて、びりびりと痛みが走る。それどころか指先が凍りついて動かない。

どんなに引っ張っても私の力ではカナンを助けられない。

カナンを助けて怪物を消し去る唯一の方法。それはカナンに怪物を倒す程の魔力を取り戻して貰《もら》うことだけ。

私の作った料理に私の魔力が宿っているのなら、私の魔力を直接与えることが出来ればきっとうまくいく。

私は震える指先でポケットに手を伸ばし、小さい包みを取り出した。その包みの中は琥《こ》珀《はく》のように美しく懐かしい、メープルシロップのキャンディ。私が許される時間で用意出来たのはこのキャンディだけ。特別な時におばあちゃんが作ってくれたものだ。

「こんな形であなたにあげることになるなんてね」

私の最後の魔力を込めて自分の口に含んで、深く水の中へと潜った。

冷たくなったカナンの頬を両手で包み、魔力を込めて唇を重ねた。

――どうか、この人に再び立ち上がる力を。


視界は暗転し、どれくらいの時間が過ぎただろう。

遠く聞こえる鼓動がゆっくりと私の中に溶け込んでいく。

その人は背を向けて立っていた。

その手には暗闇の中で燦然《さんぜん》と輝く星のような光の槍《やり》がある。

槍を突かれた怪物は塵《ちり》となって消滅し、かつて多くの人が目撃した〈名もなき英雄〉がそこにいた。

私はどれだけ、この姿を夢見たことだろう。

――これが、カナンの魔法なんだ。

私もこの森も、世界も、この光に救われた。

温かく包み込む魔力がゆっくりと広がっていく。

静かな光は流れ星のように消えていった。

＊

怪物が完全消滅して、森は穏やかな静けさを取り戻した。

私とカナンは長い時間、気を失っていたらしい。

夜が更け、私とカナン、それから使い魔たちは焚火《たきび》を取り囲んでいた。

カナンとまともに面と向かって顔を合わせるのは久しぶりで、何だか気まずい。

焚火を挟んでカナンの前に座った途端、私は飛び跳ねた。

「ちょっと待って。魔力がまたなくなってる」

カナンの魔力は全く残っていなかった。

色々と言いたいことがあったのに、気が付いたら口走っていた。

「ああ。力を使い過ぎたようだ」

そのおかげで怪物を消滅出来たとはいえ、カナンにとっては振り出しに戻ったも同然だ。

しかし当の本人は憑《つ》き物《もの》が落ちたようなすっきりとした表情だ。

憧れた〈名もなき英雄〉その人がカナンだったと知った今、恥ずかしくて死にそう。

「それより私、すごく恥ずかしいことを言ってた気がする」

本人の目の前で英雄について自慢げに語っていたし、その恩人に敵意をむき出しにしていた。

サーミャはよしよしと私の頭を撫《な》でて慰め、回復したザリウスも同情していた。

『すまないねえ。坊ちゃんに口止めされていたから』

『口を滑らせたら坊ちゃんに羽根をむしられてしまうからな』

「わ、悪かった」

「ああ、もう！」

私は思わず頭を抱えた。訊《き》きたいことも確認したいこともたくさんあるし、もう頭の中がぐちゃぐちゃだ。

「え？　それじゃあ偶然同じ船に乗っていたの？」

「偶然、というべきなのか分からないが。このレシピに書かれていた夢クジラを見るには、あの時期にあの船に乗らなければ、間に合わなかった。会った瞬間にオーリトーリには気付かれていたが――」

ハリネズミはまずいと思ったのか、ザリウスの後ろに慌てて隠れた。

「え？　じゃあ、オーリトーリは初めから分かっていたの？　全部？」

今思えば思い当たることが多い。

船でも勝手にいなくなっていたのはカナンに会いに行っていたからだ。やたらと懐いていたし、カナンも心を許している節があった。

「オーリトーリ！」

私はハリネズミの頬をむにゅう、とつまんだ。早く教えてくれればこんな遠回りすることはなかったのに。

「責めてやるな。俺が口止めしたんだ」

「私が主人なんだけど！」

オーリトーリは「でもうまくいったでしょ？」とばかりに可愛《かわい》らしく笑った。

『それにしても坊ちゃんの魔力をどうやって取り戻したんだ？』

終始気絶をしていたザリウスは何が何やら分からないと首を傾《かし》げた。

「そ、それは――」

怪物の腹の中での出来事を思い出し顔が熱くなる私を見て、サーミャはにまにまと不敵な笑みを浮かべてわざとらしく唇を尖《とが》らせた。

『ここで今すぐ再現してみたらいいじゃないか。ねえ?』

「サーミャ!」

ぴょこぴょこ飛び回るサーミャと追いかけ回す私を見て、カナンは微笑したように見えた。


怪物が消え、料理の匂いに釣られて精霊たちが現れた。

彼らは祝うように宙を踊り始めた。

私は最後の料理を食べていた。材料があまり残っていないせいで、簡単な野菜のスープという味気ないものになってしまった。

これを食べ終わったら私たちは旅を終えることが出来る。

知らないうちとはいえ〈名もなき英雄〉に会い、食事を振舞い、私は故郷へ戻って来た。

互いのわだかまりも消えて、和解も出来た。

もう、旅を続ける理由がなくなったのだ。

カナンは何も言わずにスープを口に運んでいる。

この終わりの時が私は怖い。

最後の一口を食べて眠ったら、次の朝にはカナンは姿を消していてもおかしくない。

カナンはサーミャとザリウスに目配せをして、彼らは恭しくお辞儀をして姿を消した。

「フェリシア」

「――っ」

カナンはペンダントを手に取った。

おばあちゃんのレシピが入った小瓶も私が渡したペンダントも、私に返そうとしている。

「お前の旅は終わった。だが、出来ればこれは返したくないんだが――」

「あ、ああ。記念に取っておきたいってこと？　でもそれには魔法がかかっていたからね、すぐに解除するよ」

私は手を伸ばしたが、カナンは手放さない。

「えっと。カナンはこれからどうするつもり？」

「……どう、とは？」

「……」

「……」

ぱきり、と焚火の爆ぜる音が聞こえる程、私たちの間に静寂が流れた。

先に沈黙を破ったのはカナン。

「俺は戦える。だから、どこかに行くのなら、少しは役に立つ。利害が一致していると思わないか？」

「え、えっと？」

「いや、すまない。そうじゃないな」

こんなにも説明下手なカナンは初めてだ。言葉が足りない上にたどたどしい。

「行きたい場所はないか？」

今度は唐突な質問だ。

「そう、だなあ。まだ行ったことのない大陸があって。西の水の都も見てみたい。それから魔界の食べ物も食べたいし、チョコレイトだってもう一回食べたい。それから——」

「フェリシア」

「な、何？」

訊いたり言葉を被《かぶ》せたり、今のカナンは何だか変だ。魔族のカナンが自分の言葉に困惑して焦っているようで、私にもその感情が移ってくる。

「俺は好きなんだと思う」

「へ？」

「人間の生活が——」

「あ、そっちね」

勘違いしそうになってしまった。

「誰かと食事をすることを続ける方が有意義だ」

「魔力を取り戻すよりもそっちが大事なの？」

「おかしいか？」

「そうじゃないけれど……」

でも魔力を欲する魔族よりも人間らしい生活を望む方が、ずっとカナンらしい。

「だから、この食事が終わっても、また一緒に旅を続けてくれないか？」

真摯な言葉に私は率直に、自分の気持ちを伝えた。

「良かった。私もカナンと旅を続けたいって思ってたから」

「そうか」

カナンの心底安心した表情に、私の心臓の鼓動は速くなる。私は誤魔化すように慌てて鍋へと視線を戻した。

「お、おかわりいる？」

「ああ、もらおう」


三匹の使い魔たちは、主たちを見守りながら木の上で秘蔵の果実酒で祝杯を挙げていた。

『まったく、世話の焼けること』

『ここまで導くのは大変だったろう。君が一番の功労者だな、オーリトーリ』

ハリネズミは、皆が報われたことに満足気に笑う。

エピローグ

私たちは、静かに雪が覆う森の中で一冬を過ごした。

魔法や料理の研究。ツリーハウスの補修。資金調達の算段。

のんびりしつつもやることはあって、何より私たちは話すことが多かった。

私が知らないカナンのこと、カナンが知らない私のことを。特に私が忘れかけていた昔の記憶をすり合わせるように、私たちはたくさんの言葉を交わした。

祖母が言っていたエルフの仲間というのはカナンの母親のことだったと分かった時には、祖母ももっと早く教えてくれても良かったのにと頭を抱えてしまった。

祖母もかつての仲間と同じ物をカナンにも食べて欲しいから、レシピの一つをカナンに託したに違いない。

「あの人らしい」

「おばあちゃんには敵《かな》わないよ、本当に」

災厄の時代脅かされる前の世界で、どんな冒険をしていたのだろう。レシピにはほんの少しのことしか書かれていないけれど、私たちに託すくらいきっと素敵なものだったに違いない。


冬の間は、精霊たちが世話をしていた畑で十分過ごすことが出来た。

せっかくなので私はカナンのリクエストに応えてもう一度パイを作ることにした。

砂糖をふんだんに使った特別に甘いかぼちゃパイだ。

「かぼちゃが入っているのか？」

「もちろん。しかも二個使ったよ」

ペーストを作るのは骨が折れたけれど、旅先では時間をかけることが出来ないから丁寧に作ることが出来て満足だ。

『あんなに魔族を殺そうとしていたのに、心変わりしたものだねえ』

『これだから人間は』

「そんなに意地悪言うなら二人にはあげないよ」

悪態をついているくせに、サーミャとザリウスはいつもぺろりと平らげているのだから、私はおかしくてしょうがなかった。

「秋になったら、今度は木の実をたくさん使ったパイを作ってあげる。私が作ったものなら果実が使われていてもカナンも平気でしょう？」

「それは、楽しみだな」

カナンの好物を知る度に、私はレシピを考える。

食材を見つけて食事を作り、一緒に食べて、おいしそうに食べる人を眺める。私にとってこんなに楽しいことはない。

――春になったら、カナンに何を食べて貰《もら》おう。

もっとたくさんのものを好きになって欲しいな。


東の空から春風が吹いて冬の終わりを告げている。

陽光で解けた雪は水となり、草木が芽吹いていく。

ある昼下がりの午後、私は白ポプラの杖《つえ》の手入れをしながら気が付いた。この春初めての花を見つけ、私はすっかり長居をしていたことに。カナンに「そろそろ行こうか」と旅支度をするように告げると、カナンはいつも通りの抑揚のない返事をした。

「――もう、いいのか？」

いつでも行ける心構えだったのか驚かないカナンがとても頼もしい。

「うん」

「ようやく帰って来たのに、か？」

「ずっとここに閉じこもっていたら、つまらないでしょ？」

この場所を離れることに、名残惜しい気持ちがないわけではない。

けれど私はまだ知りたいことがある。見たいものがある。カナンと一緒に食べたいものもまだ数え切れない程――。

「そうか。そうだな」


旅は楽しいことばかりではない。それ以上に危険な目に遭い、苦しく悲しいこともあるだろう。

安全な森の中でぬくぬくと過ごしていればいいのにと言う人もいるだろう。

私の隣にはカナンがいる。それだけで私は旅立つ一歩を踏み出せる。

それに私は、英雄が救った世界がどれだけ素晴らしいか、彼に教えてあげたい。


それから三日かけて、私は森に再び結界を施した。旅立つ前の最後の仕上げだ。

花冠を作ってお墓に飾り、私は再び故郷に別れを告げる。

「行ってきます、おばあちゃん」

トキツバメが訪れ、春風が祝うように花びらを舞い上げて私たちの背中を押している。

そして私はまた旅に出る。
今度の旅立ちはもう寂しくも悲しくもない。
かつて約束をした少年と一緒なのだから――。

あとがき

この度は本作をお手に取って頂きありがとうございます。白野大兎《しらのやまと》です。

富士見《ふじみ》L文庫様で書籍として刊行されたのはデビューしてから三作品目となりました。


さて、本作は旅と食事と約束というテーマで手掛けました。

日々、特別な日に食べたものや旅行先で出会ったグルメをこの世界観に合わせて書いてみました。食べてみたいなと思って貰《もら》えたなら幸いです。

また、個人的にはプラネタリウムが好きで、前作の「サマー・ドラゴン・ラプソディー」「雨の魔術師」に続いて星空を盛り込みました。

食事も空も「ありふれているものだけど、特別なもの」だと本作を書きながら改めて気付かされました。


ここで登場キャラクターについてお話させてください。

本作のヒロインであるフェリシアは攻撃する魔法はほとんど使えない、自分の得意なこども好きなことに夢中になる子どもっぽいところが魔法使いらしさだと思い、このようなヒロインにしました。

一方、カナンは魔族でありながら漂白された、どこかほんのり優しい普通の魔族とは違う、荒々しさのない青年にしました。少々不遇なところがありますが、フェリシアが自分のことを気が付けなくても、魔力を失い、英雄だと誰にも知って貰えなくても、カナンは不幸ではありません。彼が幸せだということは読者の皆様には気が付いて貰えているかと思います。

そして私が好きな動物シリーズですが、今回はハリネズミとカラスとカワウソを登場させました。三匹の信頼関係とわちゃわちゃも楽しんで貰えたでしょうか？

本作のMVPであるハリネズミ。オーリトーリの名前は、沖縄県石垣島《いしがきじま》の方言から拝借しました。口馴染《なじ》みが良くて悩むことなく名付けました。

口やかましく人間味のあるザリウスとサーミャは、実はカナンのために魔界からずっと付いて来て、いつか主人の約束と夢を叶《かな》えてやりたいと願っていました。また、敬意を払いつつもカナンをまだ子ども扱いをする関係にしたくて主従関係でありながら「ご主人様」ではなく「坊ちゃん」呼びにしています。

そして、魔法使いカメリア。作者の目線に最も近い存在です。

彼女のような「かっこいいおばあちゃん」になりたいと誰しもが思うような人物像にし

ました。想像の余地が出来るように、あえてカメリアの容姿をはっきりと描きませんでした。皆さんが思う「かっこいいおばあちゃん」を想像して貰えると嬉《うれ》しいです。

最後に本作を出版するにあたりお世話になった担当編集者様、デビューよりたくさんのアドバイスを下さりありがとうございました。本当に感謝しております。

またこの度、表紙イラストを手掛けてくださったスコッティ先生。恰好《かっこう》良くてミステリアスなカナンと、あどけなくて柔らかいフェリシアのイラストに感動です。ありがとうございます。

そして、読者の皆様。ここまで読んで頂き改めてありがとうございました。

フェリシアとカナンの本当の旅と恋は始まったばかりですが、魔法使いカメリアのように彼らの行く末を見守ってくれると幸いです。またどこかでお会いしましょう。

白野大兎

お便りはこちらまで

〒一〇二―八一七七
富士見L文庫編集部　気付
白野大兎（様）宛
スコッティ（様）宛

富士見L文庫

魔王《まおう》の食卓《しょくたく》
かぼちゃとひき肉《にく》のパイと約束《やくそく》の旅《たび》

白野大兎《しらのやまと》

2025年4月15日　初版発行

発行者　　山下直久
発　行　　株式会社KADOKAWA
　　　　　〒102-8177　東京都千代田区富士見2-13-3
　　　　　電話　0570-002-301（ナビダイヤル）

印刷所　　株式会社暁印刷
製本所　　本間製本株式会社
装丁者　　西村弘美

定価はカバーに表示してあります。　◇◇◇

本書の無断複製（コピー、スキャン、デジタル化等）並びに無断複製物の譲渡および配信は、著作権法上での例外を除き禁じられています。また、本書を代行業者等の第三者に依頼して複製する行為は、たとえ個人や家庭内での利用であっても一切認められておりません。

●お問い合わせ
https://www.kadokawa.co.jp/（「お問い合わせ」へお進みください）
※内容によっては、お答えできない場合があります。
※サポートは日本国内のみとさせていただきます。
※Japanese text only

ISBN 978-4-04-075809-1 C0193
©Yamato Shirano 2025　Printed in Japan

サマー・ドラゴン・ラプソディー

著／白野大兎　イラスト／セカイメグル

人間とドラゴンが出逢い、いつしか惹かれあう——儚い恋の物語。

茜が川で拾った不思議な石から現れたのは、小さい一匹のドラゴン。「空」と名前をつけ、茜の家族となった。だがある事件により逃げ出した彼を追いかけた先で、茜は空色の瞳をもつ痩せっぽちの少年と出逢うのだった。

富士見L文庫

雨の魔術師
少女の恋と解けない呪い

著／**白野大兎**　イラスト／えいひ

幻想に満ちた魔術学院で、
二人の魔術師が歩み出す。恋と再生を紡いだ物語

魔術学院ドラクロウ。雨の魔術師・シャロムは突如魔力を失い、今は落第生だ。ある日優秀な生徒ユエルから、何故か試験の相棒にシャロムが指名される。躊躇いながらも次第に心通わせた二人は＜呪い＞の存在に気づき…

富士見L文庫

富士見ノベル大賞
原稿募集!!

魅力的な登場人物が活躍する
エンタテインメント小説を**募集中!**
大人が**胸はずむ小説**を、
ジャンル問わずお待ちしています。

大賞 賞金**100**万円

優秀賞 賞金**30**万円

入選 賞金**10**万円

受賞作は富士見L文庫より刊行予定です。

WEBフォーム・カクヨムにて応募受付中

応募資格はプロ・アマ不問。
募集要項・締切など詳細は
下記特設サイトよりご確認ください。
https://lbunko.kadokawa.co.jp/award/

富士見ノベル大賞　検索

主催　株式会社KADOKAWA